Red Chronicle

레드 크로니클

FUSION FANTASTIC STORY

김현우 퓨전 판타지 소설

레드 크로니클 1권

김현우 퓨전 판타지 소설

초판 1쇄 찍은 날 § 2013년 10월 22일
초판 1쇄 펴낸 날 § 2013년 10월 28일

지은이 § 김현우
펴낸이 § 서경석

편집부장 § 권태완
편집책임 § 어정원

펴낸곳 § 도서출판 청어람
등록번호 § 제1081-1-89호
등록일자 § 1999. 5. 31
어람번호 § 제1-1694호

주소 § 경기도 부천시 원미구 심곡2동 163-2 서경B/D 3F (우) 420-822
전화 § 032-656-4452팩스 § 032-656-4453
http://www.chungeoram.com
E-mail § chungeorambook@daum.net

ISBN 978-89-251-3524-3 04810
ISBN 978-89-251-3523-6 (세트)

레드 크로니클

Red Chronicle

김현우 퓨전 판타지 소설

FUSION FANTASTIC STORY

CONTENTS

Prologue

"결국 여기까지 도달했군."

입가에 쓴 미소를 지으며 앞에 놓인 검을 바라보았다.

어린 시절 단순한 호기심이 자신의 인생을 이렇게 바꿔놓을 줄은 생각지도 못했다.

처음에는 단순한 의문이었다.

가문의 검술 초식이 무수히 많은 동작으로 이루어졌을 때 왜 저것을 하나로 통합하지 않을까 했던 의문.

그것을 해결하기 위해 검을 수련했고, 하나씩 해결하다 보니 차츰 재미가 붙었다.

그리고 모두 완성했을 때, 해결해야 할 과제가 하나씩 모습을 드러냈다.

더 이상 검이 아닌 손으로 펼치는 검술과 눈에 닿는 곳에 펼치는 마음으로 펼치는 검술, 그리고 마지막 단계라 생각되는 공간의 검술.

눈으로 좇지 않아도 감각으로 펼치는 이것은 자신이 완성한 비기였다.

그런데 문제는,

"백 년이 흘러 버렸군."

바로 백 년이 넘는 시간이 훌쩍 지나갔던 것이다.

검을 완성하기 위해 바친 시간이기에 후회 같은 것은 없었다.

단지 그사이 너무나 많은 것이 바뀌었을 뿐.

"지난 과거는 되돌릴 수 없지."

한평생 홀로 수련을 해왔기에 미련도 욕심도 없었다.

단지 젊은 날 자신이 책임지고 있던 가문이 짧지만 마음에 걸렸다.

이제는 존재하지 않아 찾아보지도 못하겠지만.

그는 눈을 감고 손을 들었다. 손에서 눈으로, 눈에서 마음으로, 마음에서 감각으로 발전한 검은 더 이상 나아갈 수 없는 극의에 이르렀다.

과연 공간을 가르는 검의 위력은 어떨 것인가.

이미 하나가 된 육체와 정신, 그리고 마나는 의지가 일어나는 순간 움직이며 한평생 갈고닦은 비기 공간검을 펼쳐냈다.

쩌엉!

아무것도 존재하지 않는 허공에서 유리가 깨지는 소리가 들려왔다.

잠시 후 허공에 실금이 일어나기 시작하더니, 이내 아무것도 존재하지 않는 검은 공간이 모습을 드러내기 시작하였다.

키이잉!

귓가를 울리는 소리와 함께 입을 쩍 벌린 공간의 균열.

그는 자신의 검이 마침내 공간마저 갈라 버릴 수 있음을 확인하고 환희에 찬 표정을 지었다.

"성공이군."

곧바로 들려온 소리가 아니었다면 그렇게 생각했을 것이다.

키에에에!

속을 매스껍게 만드는 기괴한 울음소리와 함께 공간의 균열이 점점 커지기 시작하더니, 이내 거대한 체구의 괴수가 모습을 드러낸다.

뒤이어 줄줄이 모습을 드러내는 괴수.

하나같이 괴상망측한 생김새였다. 그 크기는 아무리 작아도 십여 미터에 달할 정도여서 몰라보려고 해도 모를 수가 없었다.

그 또한 그 괴수의 정체가 무엇인지 알고 있었다.

마계에 서식하는 포악한 마수.

육체적 능력이 어찌나 뛰어난지, 마족들조차 꺼린다고 한다.

그것이 한 마리도 아닌 여러 마리가 꾸역꾸역 공간의 틈에서 모습을 드러내고 있다.

자신이 펼친 검으로 인해.

그제야 그는 자신이 무슨 행동을 했는지 알 수 있었다.

"아, 마계의 문을 열어버렸군."

어색한 미소와 함께 볼을 긁적이고 말았다.

제1장
로운 백작가

헤인조 지방은 제국의 남부에 위치한 곳으로, 예로부터 제국의 주요 지방으로 평가받는 곳이었다. 헤인조 지방의 맹주인 로운 백작령은 제국의 황도로 향하는 수로를 끼고 있으며, 남부 전체를 아우를 수 있는 해로에 위치하고 있었다.

드넓은 농토와 풍부한 자원은 남부러울 것 없는 상황으로 만들어 제국이 태평성대를 유지할 당시, 로운 백작가 또한 제국 내에서 손꼽히는 성세를 자랑했다.

하지만 당금에 이르러 로운 백작가의 기세는 예전만 못했다.

간신히 정권을 잡고 황제를 꼭두각시로 만들면서 신임을 잃어버렸으며, 남부의 사막지대에 거주하는 사마 민족의 침공이 이어짐에 따라 거주하던 백성들이 뿔뿔이 흩어지는 결과를 낳았다. 거기에 그치지 않고 수로와 해로에 수적과 해적이 각기 판을 치기 시작하면서 가문의 성세는 빠른 속도로 기울기 시작했다.

전대 로운 백작은 뛰어난 능력으로 수로와 해로의 능력을 강화시키고 사막 민족과 평화 협상을 이끌어내려고 했으나, 작위를 승계한 지 오 년도 되지 않아 세상을 떠나고 말았다.

그 뒤를 이은 것은 열아홉 살이 된 젊은 백작이었다.

그러나 그는 정치에 관심이 없고, 오로지 방에 틀어박혀 자신만의 시간을 보내는 데 열중인 인물이었다. 주마다 한 번씩 파티는 기본이었고, 각종 명검을 수집하는 데 혈안이 되어 있었다.

백작이 정치에 관심이 없으니 자연히 간신들이 들끓게 마련.

지배자의 무관심을 등에 업은 그들이 폭정을 일삼으니, 자연히 백성들의 원성이 하늘을 찌르게 되었다.

사람들이 보는 헤인조 지방의 미래는 어둡기만 하였다.

백성들의 원성을 한 몸에 받고 있는 인물, 로운 백작가의

젊은 지배자 티엘 로운은 거울에 비친 자신의 모습을 보며 입
가에 미소를 지었다.

곱게 빗어 넘긴 머리와 하얀 피부, 살짝 처진 눈매는 선하
면서 나른한 느낌이 물씬 풍겼다.

그는 거울에 시선을 떼지 못하다가 작은 목소리로 중얼거
렸다.

"나도 꾸미니까 괜찮은 인물이로군."

지극히 객관적인 평가였다.

적어도 그가 생각하기에는.

한동안 거울을 보면서 자신의 외모에 대해 자화자찬을 하
던 그는 일 년 가까이 되었음에도 여전히 지금 생활에 익숙하
지 않다는 걸 느끼며 쓴 미소를 지었다.

"백 년 가까이 검만 잡다가 이렇게 늘어졌으니 그럴 수밖
에."

백 살을 훌쩍 넘겼던 티엘은 젊어진 자신의 모습을 보며 만
족했다.

누가 보더라도 지금 자신은 이제 갓 스물이 된 애송이였지,
닳고 닳은 노회한 검사처럼 보이지 않았으니까.

예전의 자신은 매일같이 수련을 거듭하면서 절제된 삶을
살아왔다. 술을 멀리하고 여자를 접하지 않았으며, 매일 정해
진 일과에 맞춰 검을 휘두르고는 하였다.

그렇게 수련에 매진하여 공간검을 얻었고, 공간을 가르는 힘을 얻었지만 그 결과는 마계의 문 개방.

자신이 저지른 일이기에 급히 수습하고자 했지만 이미 마계의 괴수들은 기하급수적으로 쏟아져 나왔고, 마족들까지 가세하면서 대륙 전체가 전운에 휩싸여 이른바 인마전쟁이 벌어지고 말았다.

그곳에서 가장 큰 활약을 한 것은 아이러니하게도 티엘이었다. 그는 앞장서서 마수들을 베어버렸고, 여러 국가와 힘을 합쳐 마침내 마계의 문을 닫는 데 성공했다.

사람들은 그의 업적을 칭송하면서 영웅이란 호칭을 붙여 주었다.

정작 마계의 문을 연 것이 그라는 걸 모른 채 말이다.

"그런 일이 있었지."

실수를 했기에 검을 가다듬고 다시 한 번 공간검을 사용했다. 그러자 이번에 공간의 균열을 타고 등장한 존재는 다름 아닌 성스러운 천족.

그들은 티엘의 공간검으로 만들어진 균열에서 나타나 각국으로 퍼져 나갔다.

대륙 인간들은 성스러운 그들의 존재를 거부감 없이 받아들였고, 신으로 모시길 주저하지 않았다.

하지만 그것도 모두 하나의 계략, 천족은 신격을 지닌 신들과 달리 빛의 속성을 뒤집어쓴 간악한 존재였다.

자신의 속내를 숨기고 신을 사칭하여 인간 세계에 깊숙하게 스며든 그들은 마족보다 더 무서운 존재였다. 그들의 위험을 알아차렸을 때는 이미 대부분의 인간들이 천족의 노예로 전락한 뒤였다.

뒤늦게 그 사실을 알아차린 티엘은 자신이 저지른 일을 수습하고자 나섰다. 그리고 중간계의 이종족까지 나서서 전쟁에 참전했는데, 대륙에 전무후무한 모든 종족이 참여한 것으로 알려졌다.

결국 티엘의 마지막 일격에 천족의 여왕인 천신은 쓰러졌고, 천족은 모두 자신들의 세계로 돌아갔다. 그들의 지배에 벗어난 인간들은 티엘이 인세에 전무후무한 영웅이며, 두 번 다시 등장하지 않을 성웅이라 칭하면서 신격화시켰다.

제아무리 낯이 두꺼운 그조차도 사람들의 칭송을 견디지 못하고 은거에 빠졌는데, 자신이 지닌 공간검이 어떤 위력을 지녔는지 알게 되었다.

바로 세계와 세계를 가로막는 공간을 베어버린 것. 그로 인해 마족이나 천족이 어떠한 제약도 없이 중간계로 건너올 수 있게 된 것이다.

그제야 공간검이 미완성인 것을 깨닫고는 보완을 거듭하였고, 마침내 완성된 공간검은 마계도 천계도 가르지 않았다.

단지 갈라 버린 것은 그를 연결하는 시공간.

공간을 베는 순간, 그동안 흘렀던 시간이 파노라마처럼 펼쳐지면서 눈을 뜨니 젊은 시절 자신으로 돌아와 있었다.

이것이 어떤 현상인지 티엘도 구체적으로 몰랐다.

"새로운 삶이니 하고 싶은 건 다 해봐야겠군. 혼인도 하고 가족들도 잘 간수하고, 그러려면 영지를 잘 경영해야 하나?"

남모를 소리를 중얼거리던 그는 살짝 눈살을 찌푸렸다.

하루하루가 치열함의 연속이었던 그 당시를 떠올리면 전면에 나서는 것이 골칫거리처럼 여겨졌다.

세간에서 자신에 대한 평가는 그야말로 최악.

아무것도 하지 않은 채 손을 놓고 있으니 당연하다.

티엘은 거기에서 더 나설 생각도, 더 뒤로 물러날 생각도 없었다.

단지 고민할 뿐이다. 하지만 그 고민은 그가 어떠한 결정을 내리지 못하게 만들었다.

헤인조 지방의 절대자인 그가 함부로 움직이지 못하는 이유는 지극히 개인적이었다.

"귀찮군."

오늘도 헤인조 지방은 그의 귀찮음에 신음을 흘리고 있었다.

로운 백작가가 다스리는 헤인조 지방은 전대 백작이 짧지만 훌륭한 체계를 만들어놓았기에 백성들이 살기 좋은 시절을 맞이하는 듯했다.

하지만 그것은 당대 로운 백작에 와서 완전히 뒤집어지게 되었는데, 그 이유는 정치에 관심없는 백작을 대신하여 가신들이 권력을 등에 업고 횡포를 부려서였다.

모두가 알고 있는 사실이었지만 그들을 제지할 수 있는 이는 아무도 없었다.

가문의 지배자인 로운 백작은 명검을 수집하거나 파티를 열어 술을 마시는 걸로 허송세월을 보내고 있었으며, 가문의 무력을 담당하는 기사들은 새로운 주군에게 실망하여 하루하루 시간을 보낼 뿐이었다.

백작가의 힘이 무력해짐에 따라 가신들의 힘이 강해지는 것은 당연한 일. 그중 가장 큰 권세를 누리는 것은 가신 중 가장 연장자인 아돌프 자작이었다.

"모든 것이 계획대로입니다."

"흐흐, 당연한 것 아니겠나? 그 애송이를 허수아비로 만들기 위해 쏟아부은 자금이 얼마인데."

눈을 빛낸 아돌프 자작의 입가에 탐욕스러운 미소가 걸렸다.

헤인조 지방 중부에 영지를 지닌 그는 로운 백작가의 위세에 굴복한 귀족이었다. 영지 경영을 아들에게 맡긴 뒤 백작가에 들어와 종사하기 시작했는데, 그 모든 것이 헤인조 지방을 집어삼키기 위한 계책이었다.

그 사실을 알고 있는 이들은 아직 극소수에 불과했다. 로운 백작가는 헤인조 지방을 오랫동안 다스려 왔고, 당대 로운 백작의 정치에 실망하더라도 지난 세월 바쳐온 충성이 존재했기에 섣불리 판을 뒤집는 건 불가능했다.

"계획은?"

"차근차근 진행되고 있습니다. 주마다 파티를 열고 술을 마시기 급급하니 조만간 변고가 생길 것입니다."

"시기를 적절하게 조절해야 할 것이다. 너무 빨리 쓰러지게 되면 세간의 의심을 사게 될 것이고, 자칫 우리가 들인 공을 다른 사람이 집어삼키게 될 테니."

"물론입니다, 자작님. 절 믿어주십시오."

"자네를 믿지 않으면 내 누구를 믿겠나? 자네만 믿고 있다네, 아스발도 남작."

아돌프 자작은 자신의 사위이자, 가신단을 이끄는 아스발도 남작의 어깨를 두드렸다. 잔인하게 빛나는 그 눈빛을 마주하면서 그도 미소를 지었다.

쾅!

기사 제복을 차려입은 젊은 기사가 탁자를 주먹으로 내려쳤다. 무례한 행동이었지만 맞은편에 앉은 중년 기사는 눈 하나 깜빡하지 않았다.

분에 겨워 씩씩거리던 젊은 기사가 중년 기사에게 외쳤다.

"단장님, 지금이라도 움직여야 합니다."

"주군께서 아직 아무런 명도 내리지 않으셨다."

"그럼 이대로 가문이 저들에게 유린되는 것을 지켜볼 것입니까?"

"지켜보는 나도 불편한 것은 사실이다. 하지만 너는 주군의 명이 떨어지지 않은 상황에서 독단적으로 일을 벌일 생각이더냐?"

"……."

로운 백작 직속 기사단 은빛 기사단장 렉스터 남작의 물음에 청년 기사, 그윈은 입을 다물고 말았다.

당장 돌아가는 상황은 답답하기 그지없다. 하지만 주군인 로운 백작의 명령이 떨어지지 않은 상황에서 움직이면 결국 반역이었다.

"단장님의 생각은 어떠십니까?"

"주군의 명이 떨어지길 기다려야겠지."

"그게 가능성이 있다고 생각하십니까?"

"주군은 네가 알고 있는 것과 다른 분이다. 지금 이 모든 것도 적들의 방심을 끌어내기 위한 고도의 기만책이라 보고 있지."

"아닙니다. 그건 단장님이 틀리셨습니다. 세간에 들려오는 말을 듣지 못하신 것입니까? 백성들의 원성은 하늘을 찌르고 조금이라도 권한이 있는 이들은 어떻게든 이득을 취하려고 혈안이 되어 있습니다. 독단으로 움직이지 않으면 가문의 미래는 없습니다. 이럴 때 단장님이 움직이셔야 합니다."

그윈의 목소리가 높아졌다. 불경에 가까운 태도였지만 렉스터 남작은 전혀 개의치 않는 표정으로 대답했다.

"내 대답은 좀 전과 같다."

"알겠습니다. 단장님의 그 확언! 꼭 기억해 두도록 하지요."

생사대적을 눈앞에 둔 것마냥 이를 바드득 갈던 그윈이 몸을 돌렸다.

그 뒷모습을 쫓던 렉스터 남작은 혀를 차면서 고개를 저었다.

"천재적인 재능을 지니고 있지만 그 급한 성격을 다스리지 않고서는 높은 경지에 오르기 힘들 것이다."

안팎으로 복잡한 사정에 휩싸여 돌아갈 때, 티엘은 한가하게 시간을 보내고 있었다.

"젊은 건 특권이지. 그 사실을 늙어서야 깨달으니."

젊어서 고생은 사서도 한다는 것은 결국 젊은 것을 부려먹기 위한 소리에 지나지 않는다. 한창 왕성할 때 놀 수 있는 것은 모두 놀아봐야 늙어서도 후회하지 않는 법이다.

그래서 티엘은 술도 마시고 명검도 수집하면서 하고 싶은 것을 마음껏 했다.

오늘도 빈둥거리며 젊음을 만끽할 때 손님이 방문했다. 그동안 누구도 자신을 방문한 적이 없었기에 티엘은 의아한 표정을 지으며 손님을 맞이했다.

안으로 들어선 것은 십대 후반으로 보이는 소녀였다. 금발을 길게 늘어뜨린 소녀는 아직 앳되었지만 미모가 무르익으면 대단한 미녀가 될 것 같았다.

그런 그녀의 입에서 흘러나온 말은 그를 어리둥절하게 만들었다.

"오라버니."

"응? 누구냐?"

"하나뿐인 여동생도 못 알아보나요?"

"그랬나? 아아, 나한테도 여동생이 있었군. 기억났다. 이름이 티아노였나?"

"실비아거든요!"

티엘의 여동생, 실비아는 자신조차 알아보지 못하는 오라버니의 한심한 행태에 목소리를 빽 질렀다. 뒤늦게 자신의 불경을 깨달았지만 정작 티엘은 개의치 않는 표정으로 귀를 후비적거리고 있었다.

"그래, 완전히 기억났다. 여기는 무슨 일로 찾아온 거냐, 실비아?"

"영지가 아주 엉망진창으로 돌아가고 있다는 소식을 들었어요. 대체 어떻게 하시기에 이런 말이 나오는 거죠?"

실비아는 아버지인 전대 로운 백작이 죽고, 몸져누운 어머니를 따라 외가에 일 년여 동안 머물다가 가문에 복귀했다.

하나뿐인 오라버니가 영지를 어떻게 다스렸을까 걱정이 많았는데 이게 웬걸? 일 년 동안 영지는 그야말로 엉망진창이라는 말이 과언이 아닐 정도였다.

"가신들이 잘 다스리고 있겠지."

"가신들이라니요! 이 가문을 다스리는 것은 오라버니잖아요. 그런데 가신들에게 일임하시다니! 이게 말이 되는 일인가요?"

평소 나름대로 예의 바르다고 생각하던 실비아는 매섭게 그를 노려보았다. 그것은 반드시 답을 듣겠다는 의지와도 같았지만 사람도 사람 나름이었다.

"아, 그나저나 너 남자 만나냐?"

툭 내뱉은 그 말에 실비아는 소스라치게 놀랐다. 자신이 남자 만난다는 사실은 당사자들 말고 아무도 모르고 있었다.

"네, 네? 오라버니가 어떻게 그걸⋯⋯."

"헤어져, 걔 바람둥이야."

"뭐, 뭐라고요?"

발끈하며 소리치는 실비아. 하지만 티엘은 전혀 개의치 않는 표정으로 귀를 후비적거리고 있을 뿐이었다.

무심한 그의 태도에 발끈한 그녀가 씩씩거리며 다가가니, 티엘이 고개를 들어 눈을 마주했다.

"⋯⋯."

심장을 옥죄는 듯한 그의 눈빛에 그녀는 아무 말도 하지 못했다. 그때까지 성의가 보이지 않던 티엘이 진지한 어조로 말했다.

"내 말 들어라. 걔는 바람둥이고, 처음부터 가문에서 정해놓은 정혼녀가 있어. 매달리면 매달릴수록 네게 손해일 뿐이다."

처음에는 기억나지 않았지만 그녀를 보니 기억이 새록새록 떠올랐다.

가문의 위기와 그녀의 파혼.

당시 영지전 발발로 영지의 존망이 좌우되는 시기였고, 티엘은 그것 때문에 실비아의 혼인 문제에 전혀 신경을 쓰지 못했다.

그녀와 사귀던 녀석은 정혼녀가 있었고, 로운 백작가의 가세가 기울자 매정하게 이별을 통보했다.

그것 때문에 그녀의 운명이 기구하게 바뀌었으니, 티엘로서는 양심의 가책을 느끼고 그녀에게 조언하고 있는 것이었다.

'가문의 가세가 기울지 않았으면 상관없으려나?'

귀족 가문의 관계가 서로의 이익에 의해 물리고 물리는 만큼 누구도 원망할 필요가 없었다.

"가봐, 그리고 진지하게 생각해 보도록."

"…알겠어요."

묻고 싶은 것이 산더미 같았지만 차마 입이 떨어지지 않았다. 몇 번 입이 달싹이던 그녀는 결국 몸을 돌리고 자리를 벗어날 수밖에 없었다.

그 뒷모습을 바라보던 티엘은 나른한 표정으로 중얼거렸다.

"움직여야 하나."

한평생 부지런히 살다 보니 이제 노는 것도 슬슬 질리고 있었다.

"대체 뭐야."

방으로 돌아온 실비아는 황당한 표정을 감추지 못했다.

시녀를 시켜 차가운 물 한 잔을 마신 다음에야 정신을 차릴 수 있었지만 황당한 마음은 여전했다.

"제롬이 바람둥이라고?"

외가에 머물다가 그곳에서 열린 파티에 만난 남자.

마치 운명처럼 다가온 그는 디베리아 자작가의 차남 제롬이었다.

둘은 서로 한눈에 보고 반했고, 짧은 시간이었지만 미래를 기약하고 헤어졌다.

그때 그가 보여주었던 눈빛은 너무나 달콤하였기에 사랑에 빠진 실비아지만 누구도 알지 못하던 사실을 티엘이 정확하게 짚고 말하니, 혼란을 느낄 수밖에 없었다.

"뭔가 달라."

가문에 돌아오고 처음 접한 소문에 얼마나 열이 받았는지 모른다.

아버지가 그토록 부흥하고자 한 가문을 일 년 만에 이렇게 말아먹을 줄은. 그녀는 어머니에게 일러 호되게 혼이 나는 한이 있어도 티엘을 바꿔야 한다고 생각했다.

하지만 그가 마지막에 보여준 눈빛은 그 생각을 송두리째 바뀌게 했다.

감히 꼼짝도 못하게 만드는 강렬한 힘이 깃든 그 눈은 결코 나태함에 물들어 이도저도 아닌 인물이 보일 만한 것이 아니었다.

사람의 마음을 움직이는 그 모습에 실비아는 입술을 지그시 깨물었다.

"조사해야겠어."

오랫동안 저택 안에서 칩거 생활을 하던 티엘은 바람도 쐴 겸 밖으로 나왔다. 한가롭게 정원을 둘러보던 그의 발걸음이 향한 곳은 기사들이 수련하는 연무장이었다.

"열심이군."

땀을 흘리며 수련에 매진하는 기사들에게서 남자다움이 물씬 풍겼다.

그들을 보며 과거의 자신을 떠올리던 티엘은 자신에게 다가오는 기척을 감지하고 고개를 돌려 인사를 건넸다.

"렉스터 남작."

"주군을 뵙습니다."

"기사들이 열심히 훈련하는 모습이 보기 좋군."

"모두 주군의 덕입니다."

"저들의 수련에 내가 도움을 준 것도 없는데 덕이라니? 그저 그대들이 훌륭할 뿐이다."

간단명료한 그의 말에 렉스터 남작은 멈칫했지만 이내 고개를 숙이면서 힘차게 외쳤다.

"더욱 열심히 수련하여 주군의 기대에 부흥하도록 하겠습니다."

"아아, 그럼 수고하도록."

"주군!"

막 몸을 돌려 걸음을 옮기려던 티엘은 귓가를 파고드는 고함 소리에 멈칫했다.

"그대는?"

"그윈이라고 합니다."

"아아, 그윈 경. 무슨 일이지?"

"주군에게 여쭐 것이 있습니다."

"말하라."

당돌하기 그지없는 태도에 렉스터 남작이 불안해하는 것이 느껴졌지만 티엘은 전혀 개의치 않는 표정으로 그윈의 무례를 눈감아주었다.

"언제까지 지켜보실 생각입니까?"

"지켜보다니?"

"현재 가문 내에서 간신들이 판치고 있고, 그들을 따르는 수하들의 폭정이 날로 심해져서 백성들의 원성이 하늘을 찌르고 있습니다. 주군께서 명령만 내려주신다면 이 그윈, 주군의 위명에 흠을 내는 자들을 모조리 베어버리겠습니다."

"……."

위풍당당한 그의 모습에 티엘은 아무 말도 하지 않고 그를 바라보았다. 그윈은 자신의 말이 먹힐 거라 생각하며 내심 들 떠 있었지만 돌아온 대답은 정반대의 것이었다.

"거절한다."

"어, 어찌……."

"그들은 현재 맡은 바 본분을 훌륭히 해내고 있다. 큰 것을 위해서 작은 것을 희생하는 것은 어쩔 수 없는 것. 그대가 신 경 쓸 것은 영지 내 정치 상황이 아니라 개인의 실력을 키우 는 것이 좋겠군."

그 말을 끝으로 더 들을 것이 없다는 듯 냉정하게 몸을 돌 리는 티엘이었다. 렉스터 남작이 예를 취할 때까지 그는 석상 처럼 굳어 있을 뿐이었다.

"…단장님은 정말 주군을 따를 생각입니까?"

"너는 주군을 믿을 의향이 없었군."

렉스터 남작의 입에서 차가운 음성이 흘러나왔다. 화들짝 놀란 그윈이 고개를 저었지만 그의 표정은 풀어지지 않았다.

"주군을 믿고 목숨을 맡기는 것이 우리. 네가 앞으로 나선 것은 다분히 주제넘은 짓이었다. 그것을 모르지 않을 터."

"죄송합니다."

"주군의 자비에 감사하도록. 하지만 너의 무례함을 사할 길 이 없으니, 사흘 동안 근신하며 마음을 다스리도록 하여라."

"예."

풀이 죽은 그윈이 터덜터덜 자리를 벗어났다.

그 모습을 지켜보던 렉스터 남작이 좀 전의 만남을 떠올리며 몸을 가늘게 떨었다.

"그것은 진짜였다."

"그윈? 그윈이라……."

익숙한 이름이 머릿속에 맴돌자, 티엘은 고개를 갸우뚱하다가 이내 고개를 끄덕였다.

자신이 젊은 시절로 돌아오기 전, 대륙에 위명을 날린 기사 중 하나가 그윈이라는 사실이 떠오른 것이다.

그때는 은거하여 오로지 검을 수련하기 바빴기에 자세한 내용은 떠오르지 않았지만 명성이 대륙적이라는 것은 그 실력이 가히 국가를 오시할 수 있을 만큼 강하다는 걸 의미했다.

그런 기사가 지금은 이렇듯 젊은 혈기를 참지 못하다니.

거처로 돌아온 티엘은 벽에 잔뜩 전시되어 있는 명검을 둘러보면서 고개를 작게 끄덕였다.

"으음, 그동안 너무 놀긴 했지."

일 년이라는 시간은 한평생 수련을 해온 그에게 있어 아무 의미 없이 보내기에 너무나 긴 시간이었다. 그 기간은 술을

묵히는 것처럼 시간을 필요로 하는 것이었지만 누구도 알지 못하는 사실일 뿐이었다.

명검을 하나 잡아 들고 검신의 빛나는 광채를 감상하던 티엘이 눈을 빛냈다.

"이제 슬슬 움직여야겠군."

검신에 비친 그의 입꼬리가 말려 올라가 있었다.

제2장
유망주 담금질

"젠장! 젠장! 으아아아!"

근신을 처분받고 집으로 돌아온 그윈은 처음 이틀 동안은 조용히 수련을 하면서 지내다가 더 이상 참지 못하겠다는 듯 폭발하고 말았다.

어딜 보아도 자신의 잘못은 없었다.

영지는 개판으로 흘러가고 있었고, 백성들의 얼굴에는 고통과 절망이 가득했다.

풍운의 꿈을 안고 기사가 되고자 모진 고생을 이겨내고 정식 기사 서임을 받았지만 현실은 자신이 알고 있는 것과 판이하게 달랐다.

불의를 수긍하고 받아들여야 했고, 범죄자의 인척이 누구인지에 따라 형벌이 달라졌다.

기사도를 숭상하고, 가문에 봉헌할 것을 맹세하였지만 이와 같은 불합리한 상황들은 그의 가슴을 터져 버릴 것처럼 옥죄어 왔다.

결국 그가 선택한 것은 술로 지금 상황을 모두 잊어버리는 것.

종종 이용하던 펍을 찾아간 그는 독한 술을 물처럼 들이부으며 현실을 잊어나갔다.

"크으! 좋군."

술이라는 것은 때때로 괴로운 상황을 잊게 만들어주는 마법의 묘약이었다. 냉정한 정신을 유지할 수 없어 그동안 멀리하다 보니 많이 마시지 않았음에도 벌써 취기가 돌고 있었다.

술에 취해 생각해 보니 지금 상황도 자신에게 그리 나쁘지 않다는 것이 느껴졌다. 하사받은 봉록에서 소출은 꾸준히 나오고 있었고, 개인에게 주어지는 수련 시간이 적은 것도 아니었다.

단지 불의에 조금만 타협하면 편안한 삶이 눈앞에 펼쳐지는 것이다.

"나쁘지 않군."

어린 시절 정의를 수호하겠다는 기사가 되겠다는 꿈을 안고 수련 기사에 응모했던 자신이 떠올랐다. 그때는 이렇게 사회의 검은 물을 걱정하지 않고 오로지 꿈만 바라보고 달릴 수 있었는데, 지금은 불합리한 정치적인 상황을 지켜보고 있을 수밖에 없는 것이 안타까웠다.

조용히 자신의 처지에 안타까움을 표하고 있을 무렵, 밖에서 와자지껄 시끄러운 소리가 울려 퍼지더니 다섯 명의 사내가 가게 안으로 들어섰다.

"와하하하!"

"그렇단 거지? 그래서 어땠는데?"

"아주 죽이던데? 반항해서 콱 잡아주었지."

건들건들한 행동을 보면 영락없는 건달이었다. 홀로 사색에 잠겨 있던 그윈이 눈살을 찌푸렸지만 그들은 전혀 개의치 않고 탁자 하나를 차지한 채 시끄럽게 떠들기 시작했다.

그들의 대화 내용은 하나같이 저속하기 그지없어 그윈의 마음을 불편하게 만들었다.

"이런 것도 넘겨야겠지."

빛이 있으면 어둠도 있는 법. 세상이 마냥 깨끗할 수 없다는 것이 요 근래 느낀 것이다. 단지 그것을 보고도 그냥 넘어가기 쉽지 않았을 뿐인데, 이제는 어느 정도 익숙해진 듯싶었다.

"꺄아악!"

귓가를 파고드는 여성의 비명 소리에 그윈의 고개가 돌아갔다. 그곳에는 방금 전에 들어온 건달들이 주문을 받기 위해 다가온 여직원을 희롱하고 있었다.

"왜, 왜 이러세요."

"뭐 엉덩이 좀 만진 것 같고 그러냐? 안 그래?"

"그러게 말이야. 봐도 까져 보이는데, 킬킬!"

"그러지 말고 하룻밤 같이 보내는 게 어때?"

"저 녀석 말고 내가 더 낫지. 크크!"

음충맞은 미소와 함께 팔을 붙잡으니 여직원이 몸을 뒤틀면서 간곡한 어조로 말했다.

"이, 이러지 마세요."

"뭐 어때."

그러면서 팔을 잡은 손에 힘을 주니, 여직원의 얼굴이 울상으로 바뀌었다.

"그 손 놔라."

묵직한 목소리가 건달들의 귓가를 파고들었다. 흠칫하면서 몸을 돌리니 그윈이 매서운 눈으로 쏘아보고 있었다.

"넌 뭐냐?"

건달들은 갑자기 끼어든 그윈을 보면서 표정을 험악하게 구겼다. 그들에게 있어 말쑥한 외모를 지닌 그는 정의의 용사를 흉내내는 애송이에 지나지 않았다.

"자신이 잘못된 것을 모르고 있다니. 용서할 수 없군."

"홍! 이제 보니 애송이가 맞군. 우리가 누군지 몰라서 그렇게 나서는 거냐?"

술기운에 몸도 제대로 가누지 못하는 주제에 자신들을 훈계하려 하니, 건달들의 심기가 제대로 뒤틀렸다. 품속에서 칼을 뽑아 든 그들은 매서운 살기를 풍기면서 그윈을 윽박질렀다.

"뭣도 모르고 나서는 애송이의 속살을 볼까."

"킬킬! 그렇게 말하면 지릴지도 모른다고?"

다른 건달들이 짙은 비웃음을 흘리면서 그윈을 바라보았다. 술기운으로 얼굴이 벌겋게 달아올랐던 그의 표정이 싸늘하게 굳더니, 이내 지독한 술 냄새가 가게 안에 퍼져 나가기 시작했다.

"뭐, 뭐야?"

"용서가 안 되는 작자들이로군."

"어, 어어? 서, 설마 엑스퍼트?"

단번에 술기운을 몰아내고 이 정도 기세를 발산할 수 있는 것은 마나를 자유자재로 다루는 실력자가 아니고서는 불가능했다. 그제야 건달들은 자신들이 협박하던 청년이 감히 상대할 수 없는 강자라는 걸 깨달았다.

그윈이 한 걸음 앞으로 나서자, 그들은 반사적으로 뒤로 주춤 물러났다.

기세에서 완전히 밀려 버리자, 건달 중 리더 노릇을 하던 이가 외쳤다.

"내, 내 사촌 형님이 바로 올순 준남작이다. 그리고 사촌 형님은 아스발도 남작님의 휘하 가신……."

"그딴 건 집어치워!"

주저리주저리 자신의 인척에 대해 늘어놓으려는 것을 본 그윈은 속에서 치미는 부아를 참지 못하고 달려들었다.

순식간에 거리를 좁히고 주먹을 휘두르는 그를 보며 반사적으로 칼을 휘둘렀지만 어느새 도달한 그의 무릎이 팔뚝을 강타했다.

우드득!

"끄악! 끄아아!"

섬뜩한 파열음과 함께 자리에 주저앉아 비명을 지르는 건달이었다. 그를 차가운 눈으로 내려다보던 그윈이 주변을 둘러보자, 다른 건달들이 기겁하면서 도망치려고 했다.

"이 녀석도 데려가라, 쓰레기들!"

그의 일갈에 머뭇거리며 그윈의 눈치를 보더니, 이내 동료를 수습하고 사라졌다.

건달들이 사라진 주점은 다시 침묵이 내려앉았다. 건달들이 어지르고 간 광경을 바라보던 그윈은 자기 자리로 돌아와 한숨을 푹 내쉬었다.

"후우."

세상의 불합리함과 타협한다는 것은 그에게 있어 너무나 어려운 일이었다. 술잔에 술을 따르며 가게 주인을 보고 말했다.

"부서진 것은 모두 배상할 테니 걱정하지 마시오."

가게 주인은 잔뜩 얼어붙은 표정으로 고개를 끄덕였다.

그윈이 술잔을 들어 입에 한 모금 털어 넣을 때, 박수 소리가 주점 안을 울렸다.

짝! 짝! 짝!

"아주 멋진 광경이었다."

"…당신은 누구요?"

고개를 돌린 그윈은 좀 전과 달리 잔뜩 얼어붙은 기색이 역력했다.

그가 박수를 치고 존재감을 드러내기 전까지 자신은 그가 안에 있는 것을 파악하지 못했다. 로브를 두르고 후드를 눌러써 정체를 파악할 수 없었지만 살짝 드러난 하관만 보아도 굉장히 젊은 나이라는 것을 알 수 있었다.

"우연찮게 구경거리를 발견한 행인이지. 세상과 타협하느냐, 아니면 자신의 기사도를 지키느냐, 아주 배부른 투정을 하는 것도 잘 봤고."

"지금 나를 모욕하겠다는 것이오?"

빈정거리는 어조에 부아가 치민 그의 어조에 살얼음이 뚝 뚝 묻어나왔다.

"반박할 실력은 있고?"

"얼마든지. 방금 전 건달 나부랭이들을 상대한 게 내 실력의 전부라 생각하면 오산이오."

기세를 잔뜩 실어 말했지만 돌아온 것은 비웃음이 역력한 어조였다.

"호오, 그래? 그럼 한번 구경하도록 하지."

"…일어나시오."

더 이상 참아 넘길 수 없었던 그윈이 자리에서 일어나 계산을 치른 뒤, 가게 밖으로 나갔다.

정체불명의 로브인은 조용히 그 뒤를 따랐다.

"대체 왜 내게 시비를 거는 것이오?"

그윈이 물었지만 돌아오는 것은 엉뚱한 말이었다.

"세상 사람들의 기준은 때때로 굉장히 웃기지. 사람이 발전할 수 있는 크기를 봐야 하는데 당장 드러난 성취만으로 천재니 뭐니 수식어를 붙이거든."

"지금 그 말의 의미는?"

"천재라 불리는 이의 실력을 한번 견식하고 싶어서. 보아 하니 소문처럼 그리 대단한 것 같지는 않은데."

"그 말의 무게가 얼마나 무거운지 똑똑하게 기억하게 될 것이오."

자신의 실력을 폄하한 것보다 자신의 고민을 비웃은 것에 더 분노한 그윈이었다.

"그럴 실력이 있으면 좋겠군."

"선공은 양보하지 않겠소."

더 이상 대화할 가치를 느끼지 못한 그는 검을 뽑아 든 뒤 냅다 달려들었다.

단숨에 상대를 때려눕힐 기세!

제압한 뒤, 뻔뻔한 낯짝을 구경해 줄 생각이었다.

부웅!

힘이 실려 있고, 속도마저 빠른 일격이었다.

하지만 그것은 허무할 정도로 간단하게 허공을 갈랐다.

상대의 간단한 회피에 순간 무게 중심이 흔들릴 뻔한 그윈 은 곧바로 자세를 수습하며 상대를 바라보았다.

어느새 몇 걸음 떨어진 곳에 자리한 상대의 입가에는 비웃 음이 걸려 있었다.

"무게 중심이 흐트러진 순간 공격했다면 넌 죽었다."

"…큭!"

"이 정도로 천재 수식어를 달았다면 세상의 평가가 너무 이상해진 거겠지. 좀 더 실력을 견식해 보도록 할까?"

"각오하시오."

한 가닥 남은 방심마저도 날려 버린 그윈이 달려들었다.

"헉헉!"

입에서 단내가 나는 것을 느낀 그윈은 검을 잡은 손에 힘을 주었다. 그리고 눈앞의 로브인을 바라보며 복잡한 눈빛을 했다.

그의 도발대로 그때부터 그윈의 무지막지한 공격이 이어졌다.

기사단에서 전수받은 검술이 펼쳐졌고, 그것은 단숨에 로브인을 집어삼킬 수 있으리라 생각했다.

하지만 그는 산책을 나온 것처럼 여유로운 기색으로 공격을 모두 피했다.

베기 일변도였던 것을 바꿔 찌르기를 가미했지만 결과는 달라지지 않았다.

한 번도 체력에 부족함을 느끼지 못했던 그는 몸도 정신도 지쳐 숨을 몰아쉬기에 바빴다.

"이 정도로군. 검술의 운용은 터무니없을 정도로 부족하고 체력은 중간 정도. 마나 운용은 효율이 떨어져 오러 발현에 적합하지 않다."

"……."

대답할 여력이 부족했지만 냉정한 그의 평가에 아무 말도 할 수 없었다.

"마지막 남은 것은 방어인가?"

"날 어디까지 모욕할 것이오?"

단 한 번도 공격하지 않았지만 방금 전 보인 회피 동작만으로도 자신을 뛰어넘는 실력자라는 것은 분명했다. 그윈은 비참한 마음을 애써 억누르며 로브인을 바라보았다.

"모욕이라고 느꼈나? 하지만 이걸 알아야 한다. 네가 고민하는 기사도 같은 것은 실력 있는 자들에게 주어지는 특권이라는 것을. 세상의 불합리를 논하기에는 네가 너무 약해."

"이익!"

분노가 치밀어 올랐지만 그의 말에 어떠한 반박도 할 수 없었다.

만약 자신에게 모든 뒷감당을 할 실력이 있었다면 진즉에 가문을 농락하는 자들을 베어버렸을 테니까. 하지만 그럴 실력이 되지 않기에 불만을 터뜨리며 직접 행동으로 옮기지 못하는 것이었다.

"한 수다. 이것만 막으면 널 인정하도록 하지."

"대체 날 얼마나 얕보는 것이오!"

이것은 기사를 떠나 검을 잡은 이에게 있어 씻을 수 없는 모욕이었다.

죽음도 상관없다. 하지만 이런 쓰레기 취급을 당하면서 모욕을 당하고 싶지 않았다.

격렬한 그의 반발에 로브인은 조용히 고개를 저었다.

"널 얕보는 것이 아니야."

"그럼?"

"귀찮아서."

"……."

그만 할 말을 잃고 만 그윈이었다. 상식선상에서 납득이 되지 않는 로브인의 행동은 머리로 이해하려고 해도 가능하지 않았다.

"일격을 막아내면 널 인정하도록 하지."

"그 말을 잊지 마시오."

"눈빛이 원래대로 돌아왔군."

입꼬리를 말아 올리는 모습을 보며 그윈은 방어 자세를 취했다. 기사 검술의 특성상 공격보다 방어에 더 좋은 모습을 보이곤 했다.

퍽!

"……!"

하지만 그것도 방금 전까지였다. 명치에 강렬한 충격이 느껴지는가 싶더니, 숨이 턱턱 막혀오면서 비명조차 지르지 못하고 자리에 주저앉고 말았다.

"끄, 끄으으……."

뒤늦게 신음이 흘러나왔지만 전신의 자유를 빼앗긴 그가 할 수 있는 것은 아무것도 없었다.

"제법이군."

어느새 그윈 앞으로 다가온 로브인의 입에서 흘러나온 말이었다. 그는 단 일격에 쓰러진 자신을 모욕하는 거라 여겼지만 로브인은 전혀 개의치 않는 모습이었다.

"제대로 허용했다면 십여 분 동안은 아무 말도 못했을 텐데. 천부적인 자질은 있다는 건가. 잘 굴리면 제법 쓸 만한 게 나오겠어."

혼잣말이었지만 모든 내용은 고스란히 그윈의 귀에 들어갔다.

'천부적인 자질? 굴려? 쓸 만한 거? 대체 무슨 뜻이냐.'

"끄으! 끄으으!"

무슨 말인지 묻고자 몸부림을 쳤지만 입을 비집고 흘러나오는 내용은 없었다.

"조금 있으면 감각이 돌아올 테니 그때까지 참고 있도록. 그럼 다음에 한 번 더 보지. 그때는 실망을 끼치지 말았으면 좋겠군."

그 말을 끝으로 로브인은 미련없이 몸을 돌려 자리를 벗어났다.

한동안 전신의 자유를 빼앗긴 채 몸부림을 치던 그윈은 서서히 감각이 느껴지자, 숨을 몰아쉬면서 자리에 드러누웠다.

"헉헉! 대, 대체……."

어떻게 된 노릇인지 어리둥절할 노릇이었다.

분명 방어 자세를 취했는데, 눈앞에 빛이 번쩍임과 동시에 전신의 자유를 빼앗기고 말았다.

눈으로 확인하지 못했지만 그것은 틀림없이 강렬한 일격.

그윈은 정체불명의 로브인이 얼마나 강한 인물인지 감히 상상도 할 수 없었다.

현격한 실력 차이를 경험했지만 자신의 기사도를 부정하였으며, 실력도 한없이 깎아내렸다.

그것은 그의 마음 깊숙한 곳에 상처를 남겼다.

"다음엔, 다음엔 반드시……."

두 눈에 새파란 불꽃이 타오르며 다음을 기약하는 그윈이었다.

로브인은 마치 그림자처럼 어둠에 묻혀 은밀하게 이동했다.

그가 도착한 곳은 도시 중심에 위치한 저택.

집무실에 모습을 드러낸 로브인은 정체를 감추던 로브를 벗어 던졌다.

"나쁘지 않군, 제법 좋아."

입가에 미소를 띠고 두 눈에 나른함이 묻어나오는 그는 티엘이었다.

미래에 대륙적인 명성을 지녔던 그원을 시험하고자 밖으로 나선 그는 검술 숙련도나 정신 상태 등을 보고 합격점을 부여하였다.

하지만 아직 그는 어렸고, 가다듬어야 할 점이 많았다.

"인간이란 건 한계를 느끼게 되면 자연히 발전하게 되는 법이지. 굴리고 굴리고 또 굴리고 반복적으로 굴리면 그 한계를 뛰어넘을 수 있다."

쓸 만한 재목을 발견했다는 사실에 티엘의 입가에는 즐거운 미소가 걸렸다.

그것은 그원에게 있어 악몽을 알리는 서막과도 같았다.

처음 티엘을 보고 그가 범상치 않은 인물일 거라 여기던 실비아는 어제도, 오늘도 빈둥거리는 그를 보면서 사명감을 갖게 되었다.

로운 백작가는 자신의 터전이자, 아버지가 부흥시키고자 노력했던 것이다.

그것이 게으른 오라버니의 손에 들어가 망하는 꼴을 볼 수 없었다.

이 모든 것이 티엘의 무기력함에 비롯된 거라 여기곤 매일같이 그를 찾아가 닦달을 하기 시작했다.

나름대로 하루하루를 충실하게 보내던 티엘에게 있어 굉장히 억울한 소리가 아닐 수 없었다.

그는 가문이 잘 돌아가고 있으며, 자신도 열심히 하고 있다고 항변했지만 실비아는 그 말을 들을 때마다 콧방귀를 뀌고는 했다.

그리고 오늘도 점심이 되기 무섭게 실비아가 방문했다.

"또 왔냐."

귀찮은 기색이 역력하여 발끈할 법도 했지만 그녀의 표정은 바뀌지 않았다.

이제 이 정도는 무감각하게 넘길 만큼 티엘의 성향을 간파한 그녀였다.

"오늘도 영지 업무는 안 보나요?"

"가신들이 있잖아."

"그 가신들이 가문을 말아먹고 있다니까요!"

"네가 그걸 어떻게 알아?"

"세상이 알고 내가 알아요. 모르는 건 오라버니밖에 없다니깐요!"

"그건 내가 판단할 일이다. 지금은 훌륭하게 제 업무를 수행하고 있으니 네가 간섭할 필요는 없다."

"이익!"

늘 이런 식으로 대화가 이어지고는 했다.

실비아는 부아가 치밀었지만 영주이자, 가문의 가주인 티엘을 윽박지를 수 없었다.

분기를 참지 못하고 씩씩거리는 그녀를 향해 티엘이 물었다.

"그나저나 그 남자랑 헤어졌냐?"

"왜요?"

"바람둥이라니까. 네가 사귀기에 적합하지 않아."

"판단해도 내가 판단해요! 오라버니는 내 말을 듣지도 않으면서 왜 자꾸 참견이에요."

이미 조사 결과는 나왔고, 자신이 사랑하던 제롬은 바람둥이로 판명이 났다. 그에게 마음을 접었지만 이 빈둥거리고 명검 수집이나 해대는 티엘의 말을 곧이곧대로 받아들였다고 인정하기가 싫었다.

"동생이 잘못되는 걸 볼 수 없어서 그렇지. 정 네 생각이 그렇다면 더 말릴 생각은 없고."

"그러다 동생 신세가 망가지면 어쩔 거죠?"

"그럼 나더러 어쩌라는 거냐? 이것도 싫다, 저것도 싫다고 하면 아예 신경을 꺼마."

실비아는 강적이었다. 티엘은 그녀를 상대할 때마다 머리가 지끈거리는 느낌을 받고는 했다.

"흥! 내일도 올 거예요. 내일은 오라버니가 반드시 정상적으로 업무를 하도록 하겠어."

"끙, 제발 오지 마라."

"흥흥!"

코가 나오지 않을까 걱정이 될 정도로 콧방귀를 뀐 실비아가 집무실을 벗어났다.

"아이고 두야."

너무 활발한 여동생 때문에 티엘은 후회의 한숨을 푹푹 내쉬었다.

렉스터 남작은 연무장에서 수련하던 그윈이 갑자기 자신에게 다가오자 어리둥절한 표정을 짓다가 이내 이어진 그의 말에 황당한 표정을 지었다.

"대련을 부탁드리겠습니다."

"대련을?"

"예."

"상관은 없다만 무슨 이유지?"

은빛 기사단의 최강자인 렉스터 남작은 로운 백작가 내에서도 세 손가락 안에 꼽히는 기사다. 그의 실력은 이미 지역을 뛰어넘어 헤인조 지방 전역에 알려질 정도로 검증받은 기사였다.

반면 그윈은 이제 막 지역에서 이름을 날린 유망주에 지나지 않았다. 그 재능은 천재적이지만 꽃을 피우기 위해서는 부단한 수련이 필요했다.

실력 차이가 명백한 만큼 도움이 되지 않을 것이 분명한데 대련을 신청한 것이 의아하기만 했다.

"대련이 끝난 뒤 말씀드리겠습니다."

"좋다."

천재 기사의 번뜩임은 벽에 가로막힌 자에게 좋은 자극제가 되기도 한다. 렉스터 남작은 흔쾌히 대련 제안을 받아들였고, 곧이어 두 기사의 검이 허공에 얽혀들기 시작했다.

오러를 자유자재로 발현하며 검술에 의지를 입히는 렉스터 남작의 검은 발군이었다.

일격 하나하나가 묵직했으며, 검과 검이 충돌할 때 속된 말로 지저분하게 상대의 빈틈을 비집었다.

채 다섯 번의 충돌이 이어지기도 전에 그윈은 밀리기 시작했다. 방어에 급급하던 그는 얼마 지나지 않아 검을 늘어뜨리며 패배를 인정했다.

"감사합니다."

"묻지, 무슨 이유로 대련을 신청했지?"

대결이 이어지면서 렉스터 남작은 그윈이 이전과 달라졌음을 느꼈다.

그 전에는 순순히 패배를 인정하는 깨끗한 면모를 보였지만 지금은 좀 더 붙잡고 늘어지는 끈기를 보였다.

이것은 긍정적인 영향이었다. 그는 단기간에 바뀐 이유가 무엇인지 궁금했다.

"그동안 제 실력에 자신감을 가지고 있었습니다. 하지만 얼마 전에 그것을 저버리게 만드는 실력자가 등장했습니다. 그래서 제 실력에 대해 조언을 듣고 싶었습니다."

"음!"

렉스터 남작은 그윈이 자세하게 털어놓지 않았음을 눈치챘지만 그것이 그리 중요하지 않다는 걸 느꼈다. 단지 그윈의 자신감을 송두리째 앗아간 실력자가 누구인지 호기심이 들었다.

"자네의 실력은 제법 뛰어나지. 하지만 그것은 동년배에서 뛰어날 뿐, 전체 기사들에서 보면 그저 그런 수준에 지나지 않지. 자네의 자신감을 꺾은 이가 어떠한 검술을 보였는지 모르겠지만 좀 더 부단한 수련이 필요하지. 검술과 검초가 익숙해지는 것이 앞으로 나아갈 길이고."

"예. 한 가지 더 묻고 싶은 것이 있는데, 절 한 수에 제압할 정도면 어느 정도 실력이어야 합니까?"

자칫 렉스터 남작의 자존심을 건드릴 수 있는 말이었기에 그원의 태도는 조심스럽기 그지없었다.

"한 수라, 그 정도면 국가적인 명성을 떨치는 실력자여야 겠지. 본 제국 내에서도 열 손가락 안에 드는 실력자일 터."

국가적인 명성을 지닌 이들에게는 사람들이 프로페셔널이란 칭호를 붙여준다. 제국 내에서도 그 정도 실력자는 열 명 전후에 불과했으니 얼마나 대단한 실력인지 미루어 짐작할 수 있었다.

"그렇군요. 조언에 감사드립니다."

"흠!"

생각에 빠져든 그원을 보면서 렉스터 남작은 작게 고개를 끄덕였다. 천재 유망주의 발전 지향적인 모습은 보는 것만으로도 즐거운 일이었다.

헤인조 지방은 맹주인 로운 백작령을 중심으로 다섯 개의 자작령과 열두 개의 남작령으로 이루어져 있다. 그중 네 곳의 남작령은 본래 후작령이 자리하던 곳이었으나, 역모 혐의를 받으면서 공을 세운 네 가문이 나누어 가문을 세운 곳이다.

다섯 자작령은 각기 헤인조 지방의 중요한 위치를 차지하고 있었으며, 그중 네 곳이 로운 백작가와 긴밀한 관계를 맺고 있다.

아돌프 자작은 긴 수염을 쓰다듬으며 아스발도 남작에게 물었다.

"가신단 회의는 어떻게 준비되고 있지?"

"순조롭게 진행되고 있습니다."

"키뱅스는?"

"이번 정례 회의에서 정리할 예정입니다. 실수가 확실하니 빠져나갈 구멍은 어디에도 없습니다."

"그렇군, 키뱅스 가문이 정리되면 더 이상 내 권위에 도전할 인물은 없겠지."

키뱅스 자작은 로운 백작가의 봉신 가문으로, 가신단 내에서 아돌프 자작과 치열한 대립을 하는 가문이었다.

아스발도 남작은 고개를 끄덕이면서 한 가닥 염려 섞인 어조로 물었다.

"가스론 자작은 두고 보실 생각입니까?"

"가스론 자작 같이 꼬장꼬장한 인물은 애송이 백작에게 힘이 될 수 없다. 오히려 제 스스로 무덤을 파서 지리멸렬하겠지."

"맞는 말씀이십니다."

가스론 자작은 헤인조 지방 내에서 그 위명이 진동할 정도로 뛰어난 행정가였다. 가신 중에서 가장 나이가 많은 그는 한평생 헤인조 지방을 위해 능력을 발휘하였는데, 특유의 꼬장꼬장한 성격은 그 위명이 제국 전역으로 뻗어나가는 데 방해가 된다고 곧잘 지적을 받곤 했다.

"애송이 백작이 좋은 정책에 귀를 기울이고 실행으로 옮길 줄 아는 자라면 상관이 없으나, 그럴 일이 없다는 것은 잘 알고 있을 터."

"예, 제가 괜한 걱정을 한 듯싶습니다."

"가장 중요한 것은 키뱅스 가문이다. 키뱅스를 몰아내면 가스론 자작이나, 리벨로프 자작은 내 적이 될 수 없다."

"장인어른이 성공하시리라 믿었습니다."

"흐흐."

아스발도 남작의 신뢰 가득 찬 목소리는 아돌프 자작을 흡족케 하였다.

긴 수염은 속에 능구렁이가 가득 찬 자신을 포장하는 중요한 위장이었다. 인상 좋은 척, 사람의 방심을 유도하는 그의 계책에 무수히 많은 정적이 제거되었다.

'전란이 시작될 것이다. 권력을 공고히 하고 힘을 기른다면 국가를 건국하는 것도 더 이상 흠이 될 수 없는 시대가 되겠지.'

앞으로 펼쳐질 장밋빛 미래를 상상하는 아돌프 자작의 입가에 진한 미소가 맺혔다.

쾅!

요란한 폭음과 함께 그윈의 몸이 뒤로 주르륵 밀려나더니
이내 무너져 내렸다. 공격이 적중하는 순간 필사적으로 몸을
뒤틀었지만 숨조차 쉬기 힘들 만큼 강렬한 통증이 전신에 퍼
져 나갔다.

"허억! 헉! 헉!"

"피하는 기술이 제법 늘었군."

티엘은 자신의 일격을 조금이나마 흘려낸 그윈을 보며 눈
을 빛냈다. 짧은 시간이었지만 회피하는 기술 하나만큼은 발
군의 성장을 보이고 있었다.

첫 습격이 이어진 뒤, 그는 일주일마다 그윈을 찾아가서 검
을 나누었다.

사실 대결이라기보다 일방적인 공세에 가까웠다.

그때마다 그윈은 필사적으로 막아내기 위해 발악을 했지
만 일격에 나가떨어지고는 했다.

이렇게 비정상적인 형태로 마주친 것도 벌써 세 번째였다.
턱 끝까지 차오르는 숨을 몰아쉬면서 자리에 편히 앉아 티엘
을 바라보았다.

여전히 로브를 두르고 후드로 얼굴을 가린 그의 얼굴은 보
이지 않았다. 더 의아한 것은 그가 들고 있는 검을 단 한 번도

보지 못했다는 점이다.

"정말 얼굴을 보여줄 생각이 없소?"

"없어."

"답답할 텐데."

세 차례 짧은 만남이었지만 그윈은 눈앞의 괴인이 어떤 성정을 지녔는지 간파했다.

그는 귀찮은 것을 싫어하고 실익에 민감했다. 그래서 은근히 비밀 지켜줄 것을 약속하면서 정체를 드러낼 것을 권유했다.

"답답하긴 한데 정체가 밝혀질 때 감수해야 할 귀찮음이 더 크니까."

"으음."

쉽게 먹혀들지 않자 그윈은 깔끔하게 포기했다. 일방적인 대결이었지만 그의 일격에 나가떨어질 때마다 무수히 많은 깨달음을 얻고는 했다.

"그대 같은 인물이 가문의 기사로 온다면 좋을 것 같은데 말이오."

"기사라? 나쁘지는 않지만 한평생 충성을 바치며 얽매이는 것만큼 귀찮은 일은 없지."

"주군을 위해 내 모든 것을 봉헌한다는 것은 영광스러운 일. 기사의 다짐을 모욕하지 마시오."

"그러지. 그나저나 이곳 영주의 평가는 최악이던데. 너도 불만이 많은 것 아닌가?"

이미 도시 내에서 티엘의 원성은 하늘을 찌르는 중이었다. 그것은 술집에 가면 심심찮게 발견할 정도였기에 그의 물음은 전혀 어색하지 않았다.

"불만이야 있지만 원천적으로 주군의 잘못은 아니라고 생각하오."

"어째서?"

"주군은 아직 젊고 그분의 귀를 가로막고 있는 것은 간악한 가신들이기 때문이오. 그렇기 때문에 그대와 같은 인물이 가문에 더 필요한 것이오. 우리의 힘이 강해질수록 욕심 많은 간신들이 함부로 날뛸 여지가 줄어들기 때문이오."

"흥미로운 생각이로군. 하지만 내 대답은 같다. 어디에 얽매이는 것은 내 취향이 아니야."

냉정한 그의 말에 그윈은 아쉬워하면서 고개를 끄덕여 수긍했다.

"아쉽군. 그대 같은 실력자라면 가문의 그늘에서 능히 제국을 오시할 수 있을 텐데."

"기사의 충성만큼 멋진 것은 없지. 너의 신념이 빛을 보길 기원하겠다."

"…그 말은?"

티엘의 말에서 이별의 느낌을 받았기 때문일까. 그윈의 두 눈이 짧지만 강하게 흔들렸다.

"우리는 다시 보게 될 것이다."

그 말을 끝으로 티엘은 자리를 벗어났다. 그를 붙잡으려고 자리에서 일어서려던 그윈은 힘이 풀려 간신히 버티고 서 있는 것이 고작이었다.

그윈과 일별한 티엘은 곧바로 저택에 돌아가지 않았다. 빠른 속도로 이동하던 그는 인적이 드문 곳에 멈춰 서더니, 보이지 않는 곳을 향해 외쳤다.

"몰래 지켜보는 것은 기사도에 적합하지 않을 텐데."

쐐액!

말을 하는 순간 날카로운 예기가 공간을 점유하면서 파공음이 들려왔다.

기세로 감각을 혼란시키고, 단숨에 어깨를 노리고 들어오는 깔끔한 일격이었지만 티엘의 신형이 뒤로 물러나면서 어렵지 않게 공격을 피해냈다. 검이 대기를 가르면서 강렬한 바람이 불었지만 그의 얼굴을 가리고 있는 후드는 미동도 하지 않았다.

"알아차렸군."

"얼굴이 궁금했나?"

"그대 같은 실력자가 아무 이유 없이 이곳에 있을 거라 생각지 않았으니까."

어둠 속에서 모습을 드러내는 것은 다름 아닌 렉스터 남작이었다.

잔뜩 굳은 표정을 하고 있는 그는 빠른 속도로 티엘의 전신을 훑었다.

헤인조 지방에 명성을 떨치고 있는 자신조차 어떠한 기세를 감지할 수 없었다.

그것이 의미하는 바는 하나.

상대의 실력이 상상을 뛰어넘는다는 뜻이다.

그 정도의 실력자가 위명을 안 떨칠 리 없었고, 어느 세력이 속해 있게 마련이다.

가뜩이나 가신들의 횡포로 가문 분위기가 뒤숭숭한 상황에서 정체를 짐작할 수 없는 실력자의 존재는 렉스터 남작에게 위기감을 심어주었다.

서서히 살기가 공간에 퍼져 나가는 것을 느끼며 티엘이 말했다.

"난 진지하게 임할 생각이 없는데?"

"그럼 정체를 밝히길."

"굳이 그렇게 극단적으로 갈 이유는 없다고 보는데? 내가 악의를 갖고 있지 않은 건 알고 있을 테니 우리의 만남은 여기까지 하지."

"어딜!"

고함을 지른 그가 검을 휘둘렀지만 티엘의 신형이 유령처럼 흐릿해지면서 점유한 공간을 모조리 파훼하고 자리를 벗어났다.

찰나의 순간 펼쳐 낸 그의 검격은 모두 허공을 가르고 말았다.

"허어!"

헛바람 빠지는 소리와 함께 고개를 절레절레 젓는 렉스터 남작이었다.

정말 상대의 실력은 상상을 뛰어넘었다.

"그의 말을 믿는 수밖에 없겠군."

티엘과 마주친 이유는 근래 들어 이상한 모습을 보이는 그 원 때문이었다. 미래의 대들보인 그에게 신경을 기울이는 렉스터 남작이었고, 그 이유를 찾다 보니 자연스럽게 티엘과 조우하게 된 것이다.

"뭔가 깜빡했는데?"

한 차례 감각을 뒤덮는 짜릿한 대결 때문에 그 원에게 조언해 주려고 한 사실을 잊어버린 렉스터 남작이었다.

제3장
정례 회의에 부는 피바람

티엘 로운 백작.

헤인조 지방의 맹주이자 로운 백작가의 주인.

열아홉이라는 어린 나이에 전대 백작의 작위를 계승한 인물이지만 현재 지방 내에서는 그 원성이 그야말로 하늘을 찌르는 중이다.

주마다 파티를 일삼고 명검 수집욕이 넘쳐나는 그는 재기의 발판을 마련하던 로운 백작가의 몰락을 급속도로 촉진하고 있다는 것이 세간의 평이다.

그 개인에 대한 이야기는 이러했는데, 먼저 판단이 흐릿하

고 일의 진행에 거침이 없으며, 전후 상황 파악이 느리다고
알려져 있다.

가신들이 일삼는 폭정에 백성들이 하루하루 끼니를 걱정
하고 있을 때, 경악할 만한 사실이 영주 관저에서 흘러나왔
다.

―정례 회의를 파티장에서 열도록 하겠다.

가신들의 노고를 생각하여 만찬을 열어 그곳에서 회의를
열고, 약식으로 파티를 개최하겠다는 것이 그 내용의 골자였
다.

당연히 이 소식을 접한 이들은 불같이 분노했다. 하지만 그
들이 할 수 있는 것은 아무것도 없었고, 그저 이 고된 나날이
하루라도 빨리 끝나길 바라는 것이 그들의 유일한 바람이었
다.

실비아는 로운 백작가의 하나뿐인 영애로 그 위치가 가문
내에서 대단했다.

로운 백작가의 핏줄은 대대로 귀했고, 전대 백작의 딸인 그
녀는 당장 가문 일에 손을 놓고 있는 티엘을 대신 도맡아 처
리할 정도였다.

소식을 접한 그녀는 씩씩대면서 집무실을 벌컥 열었다. 그곳을 지키는 기사들이 제지하려고 했지만 성난 멧돼지처럼 콧김을 뿜어내는 그녀의 기세는 자못 살벌했다.

"정말 제정신인가요?"

"무슨 뜻이냐?"

"정례 회의를 파티장에서 열겠다면서요! 오라버니가 지금 제정신이냐고 물어본 거예요!"

두 눈을 부릅뜬 실비아의 기세는 사뭇 강렬했다.

하지만 티엘은 전혀 개의치 않고 귀를 후비면서 대답했다.

"그렇다만?"

"말도 안 돼요! 그들이 가문에 어떤 짓을 일삼은 줄 알고 그러는 건데요? 오라버니는 정말 가문을 말아먹을 생각인가요?"

아직까지 정신을 차리지 못하는 티엘의 모습에 그녀는 깊은 실망감을 느꼈다. 두 눈에 눈물이 글썽이니, 당황도 할 법했지만 그는 전혀 영향을 받지 않았다.

"우는 척하지 마라."

"…정말 너무해요."

실비아의 흐느낌이 한층 강해졌다. 아름다운 여인의 눈물은 남자의 마음을 뒤흔들기에 부족함이 없지만 티엘에게 있어 그것은 큰 무기가 되지 못했다.

"이대로 극단에 진출해도 될 것 같구나."

"칫! 안 먹히네."

방금 전까지 처연한 여인의 모습을 하고 있던 실비아는 눈가를 가리던 손을 치우면서 입술을 삐죽였다.

아무리 잔소리를 해도 먹히지 않아 눈물 작전을 펼쳤지만 눈앞의 무감정인 인물에게는 전혀 먹히지 않는 것에 지나지 않았다.

"가짜 눈물까지 동원했지만 표정이 제대로 표현되지 못했어."

"됐어요! 그나저나 정말 가신들의 노고를 치하할 생각이에요?"

"그런데?"

"정말 오라버니는 이해하지 못하겠어요."

남들은 자신의 오라버니를 박하게 표현하지만 자신은 달랐다. 그는 누구보다도 뛰어난 인물이며, 돌아가는 모든 상황을 꿰차고 있었다.

그럼에도 어떠한 움직임을 보이지 않는 것은 상식상 이해가 되지 않았다.

"이해할 필요는 없다. 넌 이대로 미모를 가꾸다가 좋은 남자를 만나 시집을 가면 되니까."

"여자를 무시하는 발언이에요."

"그래? 요즘 일하느라 스트레스를 많이 받았군."

"무슨 뜻이죠?"

가문의 대소사를 챙기기도 했지만 빈틈없이 가꾼 미모와 몸매는 그녀의 자랑이었다. 그 자존심을 사정없이 짓밟는 말에 눈썹을 곤두세웠다.

"옆구리에 크림빵이 하나 붙어 있어서."

"네? 꺄, 꺄악!"

어느새 다가온 티엘이 그녀의 옆구리를 살짝 잡았던 것이다. 그의 손에서 부드러운 크림빵 하나가 만들어지자, 실비아는 자지러지는 소리를 지르면서 난리법석을 피우기 시작했다.

"이익! 이리 와요!"

닥치는 대로 손에 잡히는 것을 던졌지만 티엘은 미꾸라지처럼 피했다. 결국 값비싼 것이 손에 들리자 퍼뜩 이성을 찾은 그녀는 씩씩거리며 티엘을 바라보다가 한숨을 푹 내쉬었다.

"아버지가 평생 일궈온 만큼 가문이 잘되길 원해요. 그러니 오라버니도 아버지의 유지를 이어 가문을 잘 다스려 주었으면 좋겠어요. 제가 하고 싶은 말은 그것뿐이에요."

그 말과 함께 그녀가 몸을 돌렸다.

"실비아……."

진지한 말에 티엘은 나직한 목소리로 입을 열었다. 방을 벗어나려던 그녀가 멈칫하며 자리에 서자, 그가 말했다.

"손에 든 건 놓고 가라."

"…쳇! 하지만 내 말은 진심이라고요!"

손에 든 찻잔을 내려놓은 실비아가 빽하니 소리를 지르고서는 밖으로 나갔다.

광풍이 휩쓸고 지나간 것처럼 고요하던 집무실 분위기는 어수선해졌다. 만만치 않은 파괴력을 지닌 실비아의 방문은 티엘의 귀찮은 요소 중 하나로 당당히 자리매김을 하고 있었다.

자리에 앉은 그는 아수라장 속에서도 온전히 모습을 유지하고 있는 찻잔을 들어 단숨에 들이켜며 중얼거렸다.

"그간의 노고를 치하해야지. 그동안 수고했으니."

그윈은 엄습하는 렉스터 남작의 검을 바라보다가 뒤로 물러나는 것을 선택했다. 하지만 턱 끝까지 차오른 숨은 더 이상 그에게 원활한 움직임을 허락하지 않았다.

비틀거리다 자리에 주저앉은 그는 자신의 패배를 깨닫고 항복을 시인했다.

"헉! 헉! 감사합니다."

"실력이 많이 늘었군. 특히 회피 동작이 장족의 발전을 이루었다."

"하, 하!"

어디선가 들었던 말을 다시 듣게 되자, 그윈은 어색한 웃음을 흘리고 말았다.

"하지만 현격한 실력 차이가 나는 자에게만 효과를 볼 수 있는 거야. 검술을 연마하고, 검초를 가다듬는 것이 중요하지."

"예, 명심하겠습니다."

렉스터 남작은 정통 코스를 밟아 지금 이 자리에 오른 인물이었고, 헤인조 지방 내에서 손에 꼽히는 실력자가 되었다. 그전까지 자신이 깨닫고, 아는 바에 대해서만 맹신하던 그윈은 조언을 받아들이고 적극적으로 수용하기 시작했다.

"그나저나 이번 사안에 대해서 별다른 말이 없군."

"정례 회의, 말씀하시는 겁니까?"

"그래, 예전이라면 불만을 토로했을 텐데."

"그래 봤자 무슨 의미인가 생각해 보게 되었습니다."

"포기했다는 건가?"

그것은 기사에게 있어 큰 불경이었다. 렉스터 남작의 음성이 무겁게 내려앉자, 그윈은 고개를 저으며 자신의 생각을 털어놓았다.

"그렇게 볼 수도 있지만 좀 더 다른 의미입니다. 제 본분을 깨닫게 된 것이지요. 저는 가문에 충성을 맹세한 기사, 주군의 행동에 의문을 품고 불만을 토로하는 것이 잘못되었다는 걸 깨달았을 뿐입니다. 그 시간에 수련을 하고 실력을 기르는 것이 제게도, 가문에도 좋다고 여기게 되었습니다."

"음, 나쁘지 않군. 자신만의 기사도를 찾아가는 것도 중요하니까. 그 생각에는 내 영향이 없다고 할 수 없겠군."

"단장님의 '주군을 향한 맹목적인 충성심'은 유명한 기사도이니 말입니다."

"남들은 어리석다고 손가락질할지 모르나, 내게는 그것이 가장 우선순위지."

"전 이제 시작하기에 제 기사도를 정하지 못했습니다. 제가 만족할 만한 실력을 얻고 위치에 오르는 순간, 제 기사도를 만들어 나가고자 합니다."

"도울 수 있는 부분이 있다면 돕도록 하지."

"정말입니까?"

"가문의 기사가 강해진다는 것은 가문이 곧 강해진다는 뜻. 은빛 기사단의 단장으로 그 정도 요청도 들어주지 못할까."

"그럼 부탁드리겠습니다."

힘찬 어조로 외치는 그윈.

그 젊은 혈기가 부럽고, 자신에게 자극제가 되어주었기에 렉스터 남작은 입가에 미소를 지었다.

지금 이 결정이 자신에게 얼마나 큰 귀찮음으로 다가오는지 깨닫는 데에는 그리 오래 걸리지 않았다.

티엘의 명령으로 정례 회의는 여느 때보다 성대하게 열리기 시작했다.

헤인조 지방의 맹주답게 과거 소국의 왕궁 일부를 영주 관저로 사용하고 있는데, 오늘 정례 회의가 열리는 파티장 또한 소국의 왕궁 파티장이었던 곳이다.

상석 하나를 중심으로 긴 탁자가 놓였으며, 그 위로 풍성한 음식이 차려지기 시작했다.

각자 정해진 자리에 앉았지만 정례 회의 자리는 가신단 내의 파벌로 극명하게 나뉘어 있었다.

철저하게 중립을 표방하는 가스론 자작을 제외하고 아돌프 자작과 키뱅스 자작의 정치적인 대립은 심각할 정도였는데, 얼마 전 거금을 들인 프로젝트에서 실패하여 빌미를 내주게 된 키뱅스 자작 측의 표정은 어두웠다.

반대로 밝아야 할 아돌프 자작 측도 그리 밝은 표정은 아니었는데, 예상치 못한 티엘의 정례 회의 참여 의사 때문이었다.

"백작이 무슨 생각을 하고 있는 걸까요?"

아스발도 남작은 불안한 기색으로 아돌프 자작에게 물었

다. 허수아비지만 명색이 로운 백작가 수장인 티엘은 아직 건드리기에 위험한 존재였다.

"자기도 스물이 되었으니 슬슬 정치에 참여하고 싶은 거겠지."

"그럼 차질이 생기는 것 아닙니까?"

"아니, 고작 스무 살 애송이가 할 수 있는 일은 한계가 있다. 너도 감시를 철저히 했으니 알 것 아니냐? 애송이 백작에게 정치적인 조언을 할 수 있는 인물이 아무도 없다는 것을."

"예, 알고 있습니다."

"주변의 조력이 없다면 결국 날개 잃은 와이번일 뿐이다. 우리는 맛있게 요리한 음식에 독을 타서 서서히 중독시키면 되지."

스무 살의 정치적인 식견은 한계가 존재할 수밖에 없고, 이는 노회한 아돌프 자작을 당해낼 수 없다는 것을 의미했다.

설령 자신을 내치려 하더라도 그간 쌓아놓은 공고한 기반이 되려 티엘을 압박할 수 있다.

가신들이 각기 자리에 착석하고, 그들의 호위기사가 뒤에 시립했다.

얼마 지나지 않아 로운 백작가의 기사가 등장하자, 잠시 소란이 일었지만 정례 회의의 의장인 네이브 남작이 자리에서 일어나 호위의 이유를 댐으로써 귀족들을 진정시켰다. 그 숫자가 스무 명에 불과했기에 소란은 얼마 지나지 않아 가라앉았다.

"그럼 정례 회의를 시작하도록 하겠습니다."

척척!

자리에 앉아 있던 가신들이 자리에서 일어났고, 티엘이 걸음을 옮겨 상석에 모습을 드러냈다.

이제 갓 스물이 된 그는 앳된 외모가 역력한 청년이었다. 호리호리한 몸과 잘생겼지만 처진 눈매와 살짝 풀린 눈 속에는 총명함이라고 찾아볼 수 없었다.

철그럭. 철그럭.

허리춤에 맨 세 자루의 명검이 서로 부딪치면서 요란한 소리를 냈다. 자연히 가신들의 시선이 그에게 집중되었지만 그는 전혀 개의치 않는 기색이었다.

가신 중 꼬장꼬장한 성격으로 유명한 가스론 자작의 눈매가 쫙 찢어졌는데, 다행히 우려할 만한 일은 일어나지 않았다.

자리에 앉은 티엘은 좌우로 가신들을 둘러보다가 입을 열었다.

"자리에 앉으시오."

"자리에 앉아주시길 바랍니다."

네이브 남작의 말에 가신들이 하나둘씩 자리에 착석하기

시작했다.

그 모습을 지켜보는 티엘의 입가에 미소가 떠올랐다가 사라졌다.

'음?'

호위에 동원되어 티엘을 근처에서 본 그윈은 알 수 없는 위화감에 고개를 저었다. 그것은 이상함에 느낀 감정이 아니라, 알 수 없는 익숙함이 느껴졌기 때문이다.

'이상하군.'

하지만 지금은 호기심을 푸는 것보다 호위 임무에 신경을 써야 할 때였다. 정신을 바짝 차린 그는 티엘을 호위하는 데 집중하기 시작했다.

"오늘은 백작 각하께서 직접 참관하셨으며, 가신들의 의견을 들은 뒤 백작 각하의 생각과 가신들의 찬반으로 사안을 결정하도록 하겠습니다. 지금부터 정례 회의를 시작하겠습니다."

네이브 남작의 말과 함께 정례 회의가 시작되었다.

가주인 로운 백작과 가신단이 함께하는 정례 회의는 헤인조 지방의 중대한 사안을 결정할 때 열리는 것으로, 보통 분기마다 한 번씩 열리는 회의다.

특별할 사안이 있을 때는 열고, 일처리가 수월할 땐 미루기도 했는데 이번 티엘의 의견으로 파티장에서 열린 것은 처음이었다.

회의 시작을 알렸지만 가신들 누구도 선뜻 입을 열지 못했다.

아돌프 자작과 키뱅스 자작의 치열한 대립으로 오늘 정례 회의는 피비린내가 진동할 것이라 전망되었다. 걸린 것이 크다 보니 누구도 나서는 것이 부담스러울 수밖에 없었다.

가장 먼저 나선 것은 오늘 정례 회의에서 얻을 것이 가장 많은 아돌프 자작이었다.

"신 아돌프 자작이 안건을 내도록 하겠습니다."

"말하라."

"키뱅스 자작은 얼마 전 가문의 중대한 사업을 도맡았으나, 극심한 피해를 입어 가문의 재정에 큰 누를 끼쳤습니다. 이에 대해 책임을 묻는 것이 옳을 듯싶습니다."

"아돌프 자작!"

처음부터 용건을 꺼내 드는 아돌프 자작의 행동에 키뱅스 자작은 표정을 구겼다.

하지만 의견을 낸 당시지는 담담한 표정이었다. 다른 가신들이 의외라는 표정을 짓고 있었지만 아돌프 자작은 속으로 음흉한 미소를 지었다.

'애송이는 강하게 나가서 기를 꺾어놓는 게 좋지.'

평소처럼 휘하 가신을 시켜 설전을 벌이게 한다면 티엘이 어떤 형식으로 나설지 몰랐다. 차라리 처음부터 강하게 나가 보일 수 있는 반응을 한정시킨다면 그다음은 자신의 뜻대로 요리가 가능하다.

"키뱅스 자작이 가문에 입힌 피해는?"

"얼마 전 노이안 지방으로 특산물을 실어 큰 이익을 보려고 했지만 중간에 대기하고 있던 수적들이 습격하여 가문의 수병 삼백여 명이 목숨을 잃고, 재물 절반 이상이 바다에 가라앉고 말았습니다. 이는 귀족 가문의 일 년치 운영비에 해당할 정도로 많은 양, 그에 대한 책임을 지는 것이 당연하다고 생각됩니다."

아돌프 자작이 언급한 사건은 이미 유명한 것으로, 키뱅스 자작의 표정이 딱딱하게 굳어 있었다.

노이안 지방과의 무역은 막대한 이익을 얻을 수 있는 기회였지만 수적들의 습격으로 수병들을 잃고 재물마저 잃었으니 그의 실수인 것이 분명한 셈이다.

티엘의 시선이 키뱅스 자작에게 향했다.

"키뱅스 자작, 할 말은?"

"가문에 손해를 입힌 것은 백 번 사죄드려도 부족합니다. 다만 제가 드리고 싶은 말은 습격 과정에서 이상한 점을 느꼈습니다."

"이상한 점?"

"예! 저희가 물건을 싣고 이동하던 곳을 공교롭게도 수적들이 먼저 선점하고 기다리고 있었습니다. 그리고 저희의 규모를 정확하게 파악하고 있었으며, 무슨 물건을 싣고 있었는지도 알고 있는 눈치였습니다. 이를 보아 내부에 저희의 이동 경로를 알린 자가 있으리라 생각됩니다."

"첩자라는 거로군."

"예!"

키뱅스 자작의 말에 가신단은 경악에 빠져 서로 수군거렸다. 순조롭게 그를 벼랑 끝으로 밀어붙이던 아돌프 자작이 인상을 살짝 찌푸렸지만 이내 제 기색을 회복하고는 발언권을 얻어 말했다.

"키뱅스 자작의 말은 그럴 듯하지만 정황상 그렇다는 걸 증명할 수 있는 부분은 아무것도 없습니다. 단지 추측만으로 내부의 혼란을 야기할 수 있다는 것만으로도 그는 가문의 분열을 유도하고 있는 것입니다."

"가문의 분열이라니! 지금 내가 불순한 생각을 품고 있다는 것이오?"

"그게 아니라고 어떻게 단언할 수 있나? 그리고 지금은 나의 발언 시간, 키뱅스 자작, 자네가 나설 자리가 아니라고 생각된다만?"

"큭!"

일격을 먹은 키뱅스 자작이 이를 부드득 갈면서 자리에 앉았다.

티엘에게 시선을 옮긴 아돌프 자작이 말을 이어나갔다.

"황도는 간신들이 권력을 잡고 제국을 어지럽히고 있는 상황입니다. 이럴수록 가문이 힘을 합쳐 간신들을 몰아내도 모자랄 상황에 적과의 내통이라는 것은 있을 수 없는 일입니다."

"키뱅스 자작의 의심은 있을 수 있는 것이다. 그렇다면 조사를 해봐야 하지 않나."

"정황상 의심되는 모든 것을 짚고 넘어간다면 그릇된 일처리를 할 수 있습니다. 주군께서는 헤인조 지방 전체를 아우르는 헤인조 지방의 맹주이십니다. 부디 현명한 판단을 해주십시오."

좋게 말하고 있지만 그 말의 내면에는 어설픈 판단을 금하고 자신의 말을 순순히 따르라는 의미가 깃들어 있었다.

"지금 그게 무슨 망발인가, 아돌프 자작!"

침묵을 지키고 있던 가스론 자작이 눈매를 쫙 찢으며 소리쳤다. 카랑카랑한 음성이 파티장에 울려 퍼지자, 아돌프 자작은 아무렇지 않은 표정으로 고개를 숙였다.

"제가 단어 선택이 과했습니다, 용서해 주시지요."

"흥! 영악한 여우 같으니라고."

혀를 차는 소리가 들려왔지만 더 이상 가스론 자작이 나설 수 있는 여지가 없다는 걸 의미하기도 했다.

속으로 의미심장한 미소를 지은 아돌프 자작이 티엘을 바라보았다.

조금이라도 눈치가 있다면 어떤 결정을 내려야 하는지 알 것이리라.

"키뱅스 자작, 할 말이 있나?"

정황상 내밀 증거가 없는 키뱅스 자작으로서는 궁지에 몰린 격이었다. 그는 아돌프 자작을 죽일 듯이 노려보면서 티엘을 볼 때는 풀이 죽은 표정으로 고개를 숙였다.

"가문에 피해를 끼친 것에 드릴 말씀이 없습니다. 다만 제가 드린 정황은 모두 사실이며, 가문 내부에 수적과 내통한 적이 있다는 것도 사실입니다. 부디 저희 가문이 그동안 바친 충성심을 생각하시어 선처해 주시길 바랍니다."

그러자 키뱅스 자작을 따르는 가신들이 일어서면서 그를 옹호했다.

"키뱅스 자작님은 헤인조 지방을 위해 평생을 바쳤습니다. 선처해 주십시오!"

"이대로 책임을 묻기에는 너무 뛰어난 분이십니다!"

순식간에 파티장은 그들이 떠드는 소리로 시끄러워졌다.

"……."

티엘은 턱을 괴고 한 손으로 검을 만지면서 아무 말도 하지 않았다.

점점 더 시끄러워지자 네이브 남작이 나서서 상황을 중재했다.

"조용히 해주십시오. 결정은 백작 각하가 내리실 것입니다. 하고 싶은 말이 있거든 정식 발언권을 얻어서 말씀해 주시기 바랍니다."

그에 가신들이 발언권을 얻으려고 했지만 티엘이 가볍게 손을 저었다. 그리고 아돌프 자작에게 시선을 옮기며 입을 열었다.

"경험이 많은 그대라면 가문에 피해를 입힌 키뱅스 자작의 처벌 수위가 어느 정도일지 알고 있겠지?"

입가에 미소를 지은 아돌프 자작이 자리에서 일어났다. 그에게 힘이 실리는 것을 느낀 키뱅스 자작은 더 이상 회생의 여지가 없음을 깨닫고는 고개를 푹 숙였다.

"예, 키뱅스 자작의 실수가 크다고 하나 그간에 세운 공을 무시할 수 없는 노릇입니다. 하여 과가 크지만 공에서 이를 어느 정도 참작해야 한다고 생각합니다."

"처벌 수위는?"

"실수 하나로 모든 것을 잃는 건 안 될 노릇. 키뱅스 자작을 가신단에서 축출하고 영지 경영에 힘쓰게 하는 것이 헤인조 지방을 위한 마지막 봉헌이라 생각됩니다."

"축출이라……."

가신단 내 파벌의 한 축인 키뱅스 자작이 축출된다면 그다음은 아돌프 자작의 독주였다. 적절한 처벌 수위이면서 이익을 극대화시키는 그의 행동에 키뱅스 자작은 이를 바득바득 갈았다.

그의 생각을 알고 있음에도 아무것도 할 수 없는 것이 그가 처한 상황이었다.

"키뱅스 자작."

"예."

"아돌프 자작의 말을 어떻게 생각하지?"

"…합당한 의견이라 생각합니다. 주군의 은혜는 가문으로 돌아가서도 절대 잊을 수 없을 것입니다."

"그렇게 생각하고 있군. 하지만 내 생각은 다르다."

"예?"

모든 것이 수월하게 진행되는 쪽에서 급선회를 하자, 아돌프 자작은 물론이고 키뱅스 자작의 표정도 극명하게 바뀌었다.

티엘은 입가에 미소를 지으면서 키뱅스 자작에게 말했다.

"아돌프 자작의 의견은 너무 가혹하다고 느껴지는군. 그동안 가문을 위해 봉헌한 것이 적지 않다. 그러면서 그동안 누린 것이 있는데 갑자기 모든 권력을 놓고 가문으로 낙향한다면 느낄 상실감이 얼마나 크겠나. 안 그런가?"

"그, 그렇습니다."

돌아가는 상황이 어떤 것인지 정확하게 파악할 수 없지만 아돌프 자작의 표정은 일그러졌고, 키뱅스 자작은 한 가닥 희망으로 표정이 밝아졌다.

그들은 티엘의 말 중간에 숨어 있는 가시를 미처 느끼지 못했다.

"그래서 결정했다, 키뱅스 자작."

"예!"

힘차게 대답하는 키뱅스 자작.

티엘은 짧고 굵게 그의 운명을 결정해 주었다.

"그대에게 가신단 축출이 아닌 영원한 휴식을 명한다."

푸슛!

말과 동시에 뿜어지는 핏줄기. 이마에 구멍이 뚫린 키뱅스 자작은 여전히 밝은 표정을 지은 채 서서히 자리에서 무너져 내렸다.

"……."

파티장에 감도는 침묵.

그들은 지금 상황이 어떻게 돌아가는 것인지 알지 못했다.

누구도 느끼지 못했고, 보지도 못했다.

티엘의 말이 떨어지는 순간, 키뱅스 자작의 이마에 구멍이 뚫리면서 그대로 무너져 내린 것.

무겁게 내려앉은 침묵은 한참 시간이 지나서야 상황을 인지한 가신들에 의해 깨졌다.

"어, 어어?"

"이게 무슨!"

챙! 챙!

호위기사들은 검을 뽑아 들며 경계 태세를 취했고, 가신들은 지금 돌아가는 상황이 어떤 것인지 파악하려고 필사적으로 머리를 굴렸다.

반면, 죽은 키뱅스 자작을 무감정한 눈으로 내려다보던 티엘이 입을 열었다.

"렉스터 남작, 가지고 오도록."

"여기 있습니다."

절도 있는 동작으로 다가온 렉스터 남작이 서류를 건네자, 그것을 든 티엘이 읽어나갔다.

"키뱅스 자작은 가문의 영지 근처에 암약하는 수적들과 손을 잡고 그동안 정기적으로 왕복하는 무역선을 탈취하여 막대한 이득을 챙겼다. 이번 노이안 지방과의 무역 또한 수적들에게 물건을 탈취당한 척하며 막대한 이익을 뒤로 챙기고 본인은 피해자인 척, 정황을 만들어 낙향하는 것으로 끝을 맺으려고 했다. 이후에는 수적과 수군을 활용하여 헤인조 지방과 노이안 지방을 적극 공략, 정국이 어지러운 틈을 타 스스로 왕위에 오르고자 했다."

"……."

적나라한 키뱅스 자작의 죄목이 드러나자 가신들의 안색이 하얗게 질렸다. 특히나 권력자인 그를 죽이고 아무렇지 않은 기색을 보이자, 아돌프 자작의 안색은 석고상처럼 딱딱하게 굳어갔다.

그사이 티엘의 말이 이어졌다.

"이와 같은 죄목이 있으나 그간 가문에 적잖게 봉헌한 것을 감안, 나 티엘 로운 백작은 키뱅스 백작에게 영원한 휴식을 내려 그대의 충성을 기리고자 한다."

섬뜩한 그의 말이 파티장을 뒤흔들었다. 급박하게 바뀐 이 상황을 파악하려고 했지만 뇌리를 잠식해 나가는 공포심은 어떠한 이성적인 판단도 내리지 못하게 만들고 있었다.

"아돌프 자작."

"예? 예."

"긴장할 것 없다. 나는 그대가 말했던 것처럼 키뱅스 자작의 공과 실을 판단하여 이런 결정을 내렸으니까. 여기에는 그대와 관련된 것도 있군."

"저, 저와 말입니까?"

"한번 들어보는 것도 나쁘지 않을 것이다."

아돌프 자작의 말을 들은 척도 하지 않고 문서 내용을 조용히 읽어나갔다.

"……."

파티장 안은 티엘의 목소리만 울려 퍼졌다.

"권한을 활용하여 뒷골목과 연계, 정적에게 뇌물을 건네고 그것을 약점화시켜 본인의 수족으로 삼거나 제거를 했군. 고리대업으로 돈을 지불하지 못한 자를 노예로 삼아 다른 지방에 팔아버렸으며, 개인의 저택 증축을 위해 영지병을 동원한 경력도 있군."

그가 나열하는 죄목은 끝도 없었다. 말이 이어지면 이어질수록 아돌프 자작의 안색이 하얗게 질려갔고, 그를 따르는 가신들도 움찔움찔 몸을 떨었다.

티엘의 말이 끝났지만 누구도 입을 열지 못했다.

"흥! 어지간히도 해먹었군."

날카로운 가스론 자작의 음성이 파티장을 울리고 나서야 사람들은 정신을 차렸다.

"할 말은?"

"으음! 모두 모함입니다."

아돌프 자작은 노련한 정치인답게 먼저 혐의를 부인하고

나섰다. 모르는 사람이 본다면 그렇게 여길 만큼 억울한 기색이었다.

"이것은 지난 일 년여 동안 가문의 정보부가 조사한 자료지. 이 사실이 적힐 수 있었던 근거 자료를 제시하면 믿을 수 있겠나?"

"……."

거기까지 말하자 반론의 여지가 없었다. 가신들 자신의 권한을 이용하여 이익을 취해왔지만 아돌프 자작은 그 영역을 넘어섰다.

더 이상 자신에게 유리한 형세가 아니란 것을 짧은 시간 아돌프 자작은 파악했다. 날카로운 눈으로 주변을 훑던 그는 호위하고 있는 은빛 기사단보다 가신들의 호위기사가 더 많다는 것을 깨닫고 한숨을 푹 내쉬었다.

"후우! 어쩔 수 없군. 기사들은 들어라! 지금부터 무능한 영주를 몰아내겠다."

"명!"

스르릉!

십여 명의 기사가 일제히 외치면서 검을 뽑아 들었다. 파티장 호위를 위해 서 있던 은빛 기사단은 이상 기류를 감지하자, 바로 검을 뽑아 들어 경계 태세를 취했다.

아돌프 자작이 두 눈에 강렬한 기세를 담아 가신들에게 외쳤다.

"더 이상 두고 볼 수 없다. 무능하여 백성들을 도탄에 빠뜨린 영주를 몰아내고 새로운 신화를 창조하겠다. 그대들은 누구를 따르겠는가."

티엘의 편이라 할 수 있는 은빛 기사단의 기사는 이십여 명에 불과했지만 가신들의 기사 숫자는 합치면 오십 명을 넘겼다.

그중 확실한 편만 끌어들여도 은빛 기사단을 제압할 수 있다.

"자작님을 따르겠습니다!"

가장 먼저 호응한 것은 아스발도 남작이었다. 그는 돌아가는 상황이 더 이상 지켜보고만 있을 수 없다는 것을 파악했다.

그를 따르는 세 명의 기사가 검을 뽑아 들고 아돌프 자작과 합류했다.

뒤이어 아돌프 자작을 따르는 가신들이 차례대로 합류했다. 대부분 비리를 저질러 뒤가 구린 가신이었다.

그렇게 합류한 기사의 숫자는 무려 사십여 명. 남은 열 명의 기사는 주군이 어떤 의향을 보일지 몰라 머뭇거리는 기색이 역력했다.

"오만불손한 놈이 기어코 반란을 일으키려 하는구나! 주군을 베기 전에 이 늙은이를 베어야 할 것이다."

가스론 자작의 호통과 함께 다섯 명의 기사가 은빛 기사단 측에 합류했다. 그리고 남은 가신이 차례대로 합류하니, 사십 대 삼십이라는 대결 구도가 만들어졌다.

전력의 열세였지만 티엘은 여유롭게 상황 돌아가는 것을 지켜보았다.

"주군, 조심하십시오."

"남작이 있으니 믿음직하군."

"당장 지원을 요청해야 합니다."

렉스터 남작은 불리한 상황을 자초한 티엘에게 원망스러운 마음이 살짝 들었지만 이미 벌어진 상황을 되돌릴 수 없는 법이었다. 전력의 우위를 점한 아돌프 자작은 득의양양한 미소를 지으면서 기사들에게 외쳤다.

"모두 공격하라!"

와아아아!

은빛 기사단의 수준은 떨어지지 않았지만 이들 호위 또한 그들이 거느린 기사 중 손에 꼽히는 실력자들이었다. 개개인의 실력이 결코 떨어지지 않았다.

'일이 꼬였지만 어쩔 수 없지. 오늘의 죽음은 내게 이를 드러낸 벌이라 생각하라, 애송이.'

렉스터 남작은 상대 전력이 만만치 않음을 알고 기사들을 지휘하여 방어 대형을 짠 뒤, 외쳤다.

"주군을 호위한다. 시간은 우리 편이니 적들을 베어버려
라."

"충!"

기사들끼리 검을 부딪치며 치열한 접전이 벌어지기 시작
했다.

푸른 오러가 사방에 난무하면서 금속음이 울려 퍼졌다. 곳
곳에 비명이 터져 나오고, 참혹한 광경이 연출되었지만 티엘
은 눈 하나 깜빡하지 않았다.

"그럼 가볼까."

"예? 주, 주군!"

렉스터 남작은 앞으로 나아가는 티엘을 보면서 기겁하며
뒤를 따랐다.

"멍청한 녀석이로군."

아돌프 남작은 앞으로 나서는 티엘을 보며 눈을 빛냈다. 젊
은 녀석 특유의 혈기가 발동된 것이라 여겼다. 은빛 기사단과
렉스터 남작은 부담되었지만 아무것도 할 줄 모르는 애송이
정도는 어렵지 않게 잡을 수 있다.

"잡아! 영주를 잡아!"

순간 십여 명의 기사가 포위망을 형성하여 티엘에게 달려
들었다.

"주군께 위해를 끼치려면 나를 넘어야 할 것이다!"

검을 뽑아 든 렉스터 남작이 위풍당당한 목소리로 외쳤다.

그의 검에 푸른빛이 서릴 무렵, 놀라운 현상이 일어났다.

푸슛.

티엘에게 달려들던 기사 세 명의 목에서 피분수가 뿜어지더니 그대로 무너진 것이다.

"뭐, 뭐야?"

"대체……."

당황한 기사들은 허둥거리면서 티엘에게 달려들었다.

하지만 결과는 마찬가지.

일정 거리 안으로 접근하면 어김없이 목에 핏줄기를 뿜어내면서 무너져 내렸다.

짧은 순간 도합 다섯 명의 기사가 쓰러졌다.

문제는 어떻게 쓰러진 것인지 전혀 모른다는 것.

그것은 그들의 마음에 한 가닥 두려움을 심어주었다.

언제 어느 순간 습격을 당할 수 없는 것.

의문의 공격.

마음속에 두려움이 깃드니, 자연히 검이 둔해지고 신경이 분산되기 시작했다.

"밀어붙여라! 승기는 우리에게 있다!"

렉스터 남작의 외침과 함께 은빛 기사단의 검이 매서워

졌다.

빠르게 기울어가는 전황.

지켜보는 아돌프 자작의 표정이 안 좋게 바뀌기 시작했다.

자리를 벗어나고 싶지만 은빛 기사단은 대결을 벌이면서 어느새 그들을 구석으로 몰아넣고 있었다.

"잡아! 영주를 잡으라고!"

악을 지르는 아돌프 자작이지만 티엘에게 달려든 세 명의 기사가 피분수를 뿜어내면서 그대로 허물어지고 말았다.

이미 상황은 종료된 후.

반기를 들었던 가신단의 기사들은 대부분 죽거나 부상을 입고 바닥에 쓰러져 있었다.

남은 것은 냉기를 발산하고 있는 은빛 기사단뿐.

"대, 대체 이게 무슨……."

결말이 드러났지만 아돌프 자작은 지금 이 현실을 믿을 수 없었다.

무려 이십여 년 동안 준비해 온 계획이었다. 로운 백작가에 숙이고 들어가 내부에서 음모를 꾸미고 종래에는 헤인조 지방 전체를 집어삼켜 자신만의 국가로 만들겠다는 당찬 계획이 눈앞에서 허물어지고 말았다.

티엘이 앞으로 나섰다. 그가 걸음을 옮길 때마다 검집이 서로 부딪치며 덜그럭거리는 소리가 요란스럽게 파티장 안을 울렸다.

"그간 세운 공이 작지 않지. 그것을 저버릴 정도로 나는 무심하지 않다. 아돌프 자작, 자신의 사리사욕을 챙기고, 나를 꼭두각시로 내세우려 한 죄와 여태까지 세운 공을 참작하여 영원한 휴식을 명한다."

푹!

어느새 뽑아 든 그의 검이 아돌프 자작의 가슴 깊숙한 곳에 박혔다.

허망한 표정으로 가슴에 틀어박힌 검을 바라보던 그의 시선이 티엘에게 고정되었다.

모든 것은 그 때문.

"너, 너 때문에……."

손을 뻗어 그를 탓하려고 했지만 허망하게 허공만 움켜쥔 채 그대로 무너지고 말았다.

"……."

헤인조 지방 전체를 쥐락펴락하던 권력자의 허무한 죽음은 무거운 침묵을 가져다주었다. 그 누가 아돌프 자작이 이렇게 무너질 거라 예상했단 말인가.

장내의 시선이 모두 집중되자, 티엘이 렉스터 남작에게 시선을 옮겼다.

"대단하군. 모든 것이 남작의 혜안대로다."

"예?"

뜬금없는 그의 말에 렉스터 남작은 어안이 벙벙한 표정을 지었다.

그사이 티엘의 말이 이어졌다.

"적의 위험을 알고 능동적으로 대처하며 나를 적의 위협에서 지켜내지 않았나. 남작 같은 충신은 그 어디에도 없을 것이다."

가감없는 티엘의 칭찬. 하지만 그 속에 내포된 의미와 받아들이는 이들의 차이는 컸다.

"아아! 이 모든 것이 단장님의 혜안?"

"역시! 단장님이십니다."

감탄을 금치 못하는 기사들. 이 모든 것이 그의 지혜로 해결되었다는 사실을 깨닫고는 경외에 가득 찬 눈으로 렉스터 남작을 바라보았다.

"저기, 잠시만⋯⋯."

그제야 상황이 뭔가 이상하게 돌아가고 있다는 것을 알아차렸지만 티엘의 말이 이어졌다.

"겸양 떨 것 없다. 남작이 없었다면 오늘 나는 저들에게 제거당하고 가문은 사라졌을 테지."

"과, 과찬이십니다."

존경심 가득한 기사들의 시선을 차마 매정하게 뿌리치지

못하는 렉스터 남작이었다.

"대단하시군. 남작님은 언제 쾌검을 익히셨지? 내가 알기론 중검인 걸로 아는데."

"그러게 말이야. 여태까지 모두를 숨길 정도로 빼어난 실력이라니. 정말 대단하셔."

"저 정도 실력이라면 능히 국가적인 명성을 지닌 검호에 걸맞지 않은가? 이날을 위해 실력을 숨기시다니."

"정말 존경스러운 분이군."

어느새 은빛 기사단 내에서 렉스터 남작은 실력을 숨기고 때를 기다리던 영웅이 되어 있었다. 그는 기하급수적으로 살을 붙여 나가는 자신의 평판에 황당함을 느꼈다.

'아니라고!'

해명하고 싶었다.

사실은 자신도 궁금해 죽겠다고.

헤인조 지방 내에서 명성이 자자한 자신이 느끼지 못할 정도로 뛰어난 쾌검. 그것이 누가 펼친 것인지 알고 싶어 미칠 지경이었다.

하지만 지금 상황에서 그것을 부인하면 모두에게 실망을 끼칠 것이다.

그래서 렉스터 남작은 울며 겨자 먹기로 침묵을 지키고 있을 수밖에 없었다.

속으로는 아니라고 절규를 퍼부으면서.

몇 마디 말로 상황을 정리한 티엘은 렉스터 남작을 보고 명령을 내렸다.

"나머지는 체포하여 감옥에 가둬두도록."

"명! 죄인들을 체포하라."

신속하고 절도있었다. 좀 전과 같은 사람의 명령이건만 기사들은 말이 떨어지기 무섭게 행동으로 옮겨 삽시간에 가신들을 포박했다.

끌려가는 그들을 보며 티엘이 입가에 미소를 지었다.

"이제 시작이군."

제4장
변화의 시작

다음 날, 로운 백작령을 중심으로 퍼져 나간 소문은 헤인조 지방을 휩쓸기 시작했다.

―아돌프 자작과 키뱅스 자작이 반란을 모의했다!

그 사실을 접한 이들은 경악을 금치 못했다. 꼭두각시 백작 체제 아래에서 무소불위의 권력을 휘두르던 그들이 반란을 모의했다는 사실을 믿을 수 없었던 것이다.

하지만 뒤이어 들려오는 소문은 그것을 믿을 수 있게 하였다.

—아돌프 자작과 키뱅스 자작을 제거한 것은 로운 백작이
다!

그 설명과 함께 그가 일 년여 동안 정치에 손을 놓고 있었
던 것은 두 역적을 처치하기 위해 연기를 하고 있던 것이며,
완벽한 증거와 기회를 포착하여 그들을 제거하는 데 성공했
다는 내용이다.

반란 진압 중 가장 널리 퍼진 소문은 렉스터 남작에 관련된
것이다.

'주군을 향한 맹목적인 충성심'이란 변치 않는 기사도를
내세운 그는 헤인조 지방을 대표하는 기사이고 충신임을 그
누구도 부인하지 않았다. 하지만 반란 진압에서 보인 그의 신
위는 좌중의 경악을 자아내기에 부족함이 없었다.

—렉스터 남작의 실력은 이미 국가적이다.
—그동안 중검의 선두주자였지만 그는 쾌검의 달인이었다!

이와 같은 신위의 발현은 사람들을 들끓게 만들기 충분했
다.

아돌프 자작과 키뱅스 자작이라는 두 거두를 제거한 티엘은 그 자리에 있던 가신들을 모조리 체포하고 간단하게 조치를 내렸다.

바로 모든 재산의 압류.

가신들은 말도 안 되는 일이라고 했지만 티엘은 들은 척도 하지 않으면서 모든 것이 렉스터 남작의 혜안이라고 떠넘긴 뒤, 차례차례 재산을 몰수해 나갔다. 그 속에는 그들이 거느린 식솔과 작위 등, 모두 포함되어 있었다.

거기에 그치지 않고 가신들이 다스리던 일부 영지에 영지전을 선포하고, 항복을 종용하려 세 달이라는 시간을 주었다.

사람들은 그것을 혜인조 지방의 맹주가 지닌 덕목이라며 칭송을 아끼지 않았으나, 실상을 들여다보면 전쟁을 위해 시간을 벌고자 함은 알 만한 사람이라면 모두 알고 있었다.

티엘의 연이은 파격 행보에 가만히 있던 실비아는 청천벽력을 맞은 기분이었다.

갑자기 반란은 무엇이고, 전쟁은 무엇이란 말인가.

머릿속이 혼란스러운 그녀는 그 대답을 찾고자 곧바로 한달음에 티엘을 찾아갔다.

"설명해 줘요, 오라버니."

"들은 그대로다. 렉스터 남작은 놀라운 혜안과 실력을 지녔고 난 그에 충실히 따랐을 뿐."

"거짓말 말아요."

"……."

남들은 모두 믿었던 말을 코웃음 치면서 내팽개치는 실비아였다.

순간 밀려오는 황당함에 티엘이 아무 말도 못하자, 그녀는 자못 진지하게 입을 열었다.

"다른 사람들은 몰라도 전 알고 있다고요. 오라버니가 세간에 알려진 것처럼 어리석은 인물이 아니라는 것을. 그걸 알고 있기에 소문만으로 납득이 되지 않아 오라버니를 찾은 거고요."

그 말에 숨어 있는 것은 흔들리지 않는 고집이었다. 티엘도 진지한 그녀의 태도에 감복되어 더 이상 진실을 숨기지 않기로 결심했다.

"그렇군, 역시 눈치채고 있었나."

"역시 오라버니였죠?"

"맞다, 나다. 모든 것은 내가 주재했지."

"그랬군요! 정말 대단하세요."

실비아는 속으로 회심의 미소를 지으면서 그의 말에 호응했다. 듣는 사람의 반응이 좋으면 이야기를 하는 사람도 흥이 나서 더 많은 정보를 풀게 마련이다.

"네 말이 맞다. 모든 계획은 내가 세웠고, 십여 명의 기사도 내가 단숨에 해치워 버렸지."

"네?"

"거기에 그치지 않고 전쟁 선포를 하며 유예기간을 둔 것도 우리의 준비 시간이 필요해서지만 저들에게 자비를 베푸는 척 헤인조 지방의 맹주 도량을 보여주었다. 네가 본 것처럼 이 오라버니는 때를 기다릴 줄 아는 숨은 영웅이었던 거지."

말을 하는 그 태도는 사뭇 진지하여 고개를 끄덕일 뻔하다가 이내 정신을 차리고는 소리를 빽 질렀다.

"지금 그게 무슨 말이에요, 오라버니!"

"네가 모든 것을 알았다기에 사실을 말했을 뿐이다."

"아, 아무리 그래도 그렇지. 그렇게 얼굴색 하나 바뀌지 않고 자화자찬이라니……."

세상에 뻔뻔해도 이렇게 뻔뻔한 사람은 처음이라고 말할 뻔한 실비아는 티엘을 빤히 바라보았다.

하지만 정작 그는 무엇이 잘못된 건지 알지 못하는 듯했다.

"난 진실만 말했을 뿐인데?"

"이익!"

"믿고 안 믿고는 네 마음이다. 나는 네 짐작대로 뛰어난 무위와 혜안을 지닌 난세의 영웅이니."

"됐어요!"

더 이상 잘난 척을 듣다가는 오라버니를 구타한 여동생으로 남을 것 같았던 실비아는 더 견디지 못하고 홱하니 몸을 돌린 뒤 자리를 벗어났다.

화가 잔뜩 난 그녀의 뒷모습을 바라보면서 티엘은 의아한 표정을 지었다.

"진실을 알려줘도 저러는군."

억울한 건 그뿐이었다.

피곤한 만남은 실비아로 끝이 아니었다. 그녀가 나가고 얼마 지나지 않아 다른 손님이 티엘을 방문하였다. 바로 정례회의에서 끝까지 티엘의 편에 섰던 가스론 자작이었다.

"갑자기 무슨 일이지?"

다른 유형의 피곤한 사람이 등장하자, 티엘은 귀찮음이 역력한 기색으로 그를 맞이했다.

예전이라면 그 모습에 혀를 끌끌 찼을 가스론 자작이었지만 오늘은 달랐다.

자리를 권하지 않았음에도 맞은편에 앉은 그는 티엘의 눈을 빤히 바라보았다.

나른함이 물씬 풍기는 그 눈동자에는 제국 내에서 손꼽히는 학자인 자신조차 측량할 수 없는 깊이가 은연중 느껴졌다.

물러갈 기색이 전혀 보이지 않는 가스론 자작을 보며 혀를 찬 티엘은 하인을 시켜 차와 과자를 내오게 했다.

"용건은?"

"허허, 그동안 이 세상도, 이 가스론도 용케 속여 넘겼구려."

"속이다니? 이해할 수 없는 말이로군."

"렉스터 남작은 충직한 기사이나, 모든 것을 주재할 정도로 뛰어난 지혜를 지닌 인물은 아니요. 그렇다면 주군의 말이 틀리다는 것인데 무엇 때문에 렉스터 남작을 정면에 내세웠을까, 이 노구는 그 사실이 너무 궁금하다오."

"세상 사람들이 렉스터 남작을 모르고 있었을 뿐이다."

물 흐르듯 자연스럽게 넘어가려는 티엘이었지만 가스론 자작도 정계에서 굴러먹은 능구렁이였다.

그는 입가에 미소를 지으며 집요하게 물고 늘어졌다.

"주군을 모른 것이 아니라 말이오?"

"그럴 수도 있겠지."

"이 늙은이는 그것이 궁금하오. 아돌프 자작이나 키뱅스 자작은 그 세력이 커서 함부로 쳐내기 힘든 인물. 그들이 그런 야심을 드러낸 만큼 발 빠르게 제거한 것은 현명한 판단이지만 이는 헤인조 지방 전체에 전운을 불러일으킬 만한 일이오. 이 늙은이는 주군이 그 일을 어떻게 수습할지 너무 궁금하오."

"음! 그걸 알려달라고 하는 건 아니겠지?"

"그럴 리가. 그저 뒤에서 즐겁게 지켜보려고만 하오."

'…뒷수습할 책사를 구해야겠군.'

일이 벌어지긴 벌어졌는데 능동적으로 나서서 수습할 책사가 없다는 것이 치명적이었다.

하지만 겉으로는 아무 표정도 드러나지 않았다. 마치 그에 대한 안배조차 끝난 것처럼 보여 가스론 자작은 두 눈을 빛낸 채 나직이 고개를 끄덕였다.

"뒤에서 지켜본다는 것은 있을 수 없다, 가스론 자작."

"무슨 뜻이오?"

"사람은 저마다 잘하는 것이 있지. 그대는 제국 내에서 손에 꼽히는 행정가로, 이미 그 능력이 검증되어 있다. 나이가 많다고 열정이 식은 것이 아닌 것처럼 앞으로 모든 것이 시작되는 지금 이 순간에 물러나는 것은 있을 수 없는 일이지. 헤인조 지방은 그대를 쓰기에 좁다는 걸 인정한다. 하지만 앞으로는 어떻게 될까?"

"……."

가스론 자작의 입가에 미소가 사라졌다. 그의 눈썹이 파르르 떨리면서 조용히 티엘을 응시할 뿐이었다.

"곧 그 무대가 만들어질 것이다."

"허허! 이 늙은이의 존재가 주군에게 폐가 될 수 있는데도 말입니까?"

꼬장꼬장한 그는 깊이 들여다보면 충성심으로 똘똘 뭉친 인물이기도 했다. 하지만 너무 올곧아 종종 듣기 싫은 말을 직언으로 하는 경우가 많았다.

"상관없다. 모두 책임지면 되니까."

무책임하기 그지없는 말이지만 가스론 자작에게는 무척 듣고 싶은 말이기도 했다.

모든 일에 관여하는 영주가 있는가 하면, 그 방면의 인재를 믿고 전권을 맡기는 영주도 존재한다. 티엘은 후자에 속하는 존재, 그리고 자신도 그와 같은 인물을 만나야 비로소 재능을 발휘할 수 있는 유형의 인재다.

'허허, 그동안 내 눈에 흙이라도 들어갔나 보군.'

이토록 큰 인물을 앞에 두고도 어리석다며 혀를 찼었다니. 정작 어리석은 것은 그가 아니라 자신이었거늘.

가스론 자작이 몸을 일으키더니 천천히 무릎을 꿇으며 외쳤다.

"이 늙은이가 흙으로 돌아가는 날까지 충성을 바치겠나이다."

"일어나, 나이도 많은데 찬 데 앉으면 뼈 시리니까."

그 속에 담긴 것은 수락의 의미. 부드러운 기운이 자신을

휘감으며 자연스럽게 몸을 일으키게 만들자 가스론 자작은
미소를 지었다.

"알겠습니다."

"기대하지."

그 말 한마디에 가스론 자작의 감격은 더욱 커졌다.

'귀찮음을 덜었군.'

정작 그의 속내는 그랬지만 말이다.

"으음."

렉스터 남작은 입가에 흘러나오는 신음을 감출 수 없었다.

정례 회의에서 일어난 역모사건 이후, 세간에 관심을 집중
적으로 받고 있는 인물이 바로 그였다.

몇몇 들려오는 소문은 그로 하여금 기겁하게 만들기 충분
했는데, 그 내용은 자칫 반란으로 몰려도 부족하지 않을 정도
로 섬뜩했다.

중검 속에 감춘 쾌검의 마스터.

제국의 정세를 꿰뚫는 혜안의 소유자.

헤인조 지방의 숨은 실력자.

하나하나 평범하지 않은 내용이 없었으며, 모두 날조되지

않은 것이 없을 정도였다.

덕분에 헤인조 지방에 이름을 떨치던 그의 이름이 차츰 인근 지역으로 전파되기 시작했으며, 수많은 실력자가 렉스터 남작을 주목했다.

바로 오늘처럼.

"다, 단장님."

"오늘도인가."

"범상치 않은 실력자입니다."

그날 이후, 은빛 기사단의 위명을 모르는 사람이 없을 정도로 헤인조 지방을 쩌렁쩌렁 울렸다. 그동안 가세가 기울어가는 모습을 보면서 안타까워하던 기사들은 수련에 매진하기 시작했다.

가장 큰 영향을 끼친 것은 다름 아닌 그윈의 성장.

렉스터 남작과 붙어 다니던 그의 실력이 일취월장하여 그 누구도 바람처럼 움직이는 그의 신형에 검을 스칠 수 없게 되었다.

'나쁘지 않지.'

그윈의 존재가 기사단 실력의 상승을 가져오는 결과는 결코 나쁘지 않았다.

단지 얼토당토한 소문이 자신을 휘감고 있는 것이 문제였지.

"위명이 자자한 렉스터 남작에게 도전하고자 하오!"

상대는 헤인조 지방의 관할 지역에서 이름을 날리는 검호.

렉스터 남작도 들어본 적 있을 만큼 실력을 갈고닦는 방랑 검객이었다.

실력자와의 대결을 거부할 만큼 렉스터 남작은 순한 인물이 아니었다.

하지만 대결 결과는 허무하리만치 빨리 끝났다.

상대는 눈에 보이지 않는 쾌검을 경계했다. 전해지는 소문에 의하면 렉스터 남작의 쾌검에 목숨을 잃은 기사가 무려 십여 명.

그 검을 의식하다 보니 처음부터 수비에 임하게 되고, 묵직한 그의 중검에 나가떨어지는 것은 정해진 수순이었다.

픽! 하는 소리와 함께 일격에 나가떨어진 검호는 내부가 진탕된 것을 느끼고는 꿈틀거리며 어렵게 몸을 일으켰다. 그리고 원망스러운 눈으로 렉스터 남작을 바라보았다.

"크윽! 나, 나는 쾌검을 사용할 가치도 없단 말인가. 욱!"

피를 한 발 토한 그는 그대로 자리에서 무너지고 말았다.

지역적으로 이름을 날린 검호들의 실력은 대개 엑스퍼트에 달했다. 그런 인물을 단 한 수에 제압하자 관전하던 기사들이 웅성거렸다.

"정말 대단하군, 우리 단장님은."

"보이지 않는 쾌검을 사용하지도 않으셨다. 대체 단장님의 실력은 어느 정도란 말인가."

"나는 단장님의 실력이 이미 국가를 넘어 대륙적인 명성을 지닌 검호와 맞먹는다고 생각한다."

살이 더해지고 더해지면서 렉스터 남작은 어느새 열 명도 되지 않는 대륙적인 명성을 지닌 최강의 검호로 둔갑되어 있었다.

몇몇 기사는 무례를 무릅쓰고 다가와 렉스터 남작에게 보이지 않는 쾌검을 전수해 달라며 애걸복걸하기도 하였다.

그 내용이 고스란히 귀에 들려오자 겉으로 표현하지는 못하고 속으로 인상을 팍 썼다.

"…나도 모른다고, 쌍."

누구에게도 털어놓을 수 없는 그만의 고충이다.

렉스터 남작이 곤란을 겪고 있을 무렵, 티엘은 자신이 저질러 놓은 일을 수습할 수 있는 책사를 찾기 위해 정보부를 풀가동하여 인재 찾기에 나섰다.

몇몇 재야에 숨어 있는 인재가 추천되었지만 모두 들어본 적 없는 이들이었기에 과감하게 반려하기를 반복, 찾고 찾다가 마침내 그의 구미에 적합한 인물을 찾아낼 수 있었다.

"…찾았군."

그의 이름은 제이론 슈마커.

올해 스무 살인 그는 헤인조 지방과 멀리 떨어진 동부 세이주 지방 출신의 귀족 자제였다. 하지만 십여 년 전 벌어진 대학살로 인해 피난을 오다가 헤인조 지방에 정착하게 되었다.

아무런 검증이 되지 않은 인물이었지만 티엘은 그에 대해 잘 알고 있었다.

회귀 전 제이론 슈마커는 제국에서 다섯 갈래로 분열된 국가 중 한 곳의 재상을 맡았으며, 그 국가를 천재적인 지략으로 당대 최고의 왕국으로 성장시켰다.

비록 그의 죽음으로 그 성세가 당대에 그쳤지만 그 능력만큼은 미래에 검증된 인물이었다.

"이런 복덩이가 우리 지방에 있었나? 하긴, 그래서 왕국으로 자리매김할 수 있었군."

전생에 있었던 사건을 떠올리면서 고개를 끄덕일 수 있었다. 회귀 전에는 정치에 아무런 관심이 없었고, 가세가 기울면서 자연스럽게 침략자에게 가문을 보전받고 순순히 영지를 넘겼다.

다시 젊은 시절로 돌아온 지금 그럴 생각은 눈곱만큼도 없었지만.

제이론 슈마커에 대해 생각을 정리하던 그는 서류를 뒤적이다가 눈을 빛냈다.

"인재 보고였군, 여기."

여기를 다스리는 그도 처음 알게 된 사실이었다.

티엘과 만남 이후, 실비아는 참을 수 없는 조급함을 느꼈다.

처음에는 자신의 능력을 극도로 숨기는 것이라 생각했다. 하지만 얼마 전 만남에서 그가 보였던 것은 극도의 자뻑 증세였다.

간신들의 폭정을 참고 지켜본 것만으로 티엘은 뛰어난 인물로 평가받을 수 있지만 세상은 바야흐로 난세에 접어들고 있었다. 이런 시대에서 별것 아닌 재능으로 세상을 다 가진 듯 오만에 빠져들어서는 안 된다.

"이대로는 안 돼."

그녀는 가장 먼저 결정 내린 것이 티엘에 대해 좀 더 자세하게 파악하는 것이다. 그리고 가장 접점이 많았던 렉스터 남작에게 찾아갔다.

"어서 오십시오, 아가씨."

오늘도 지역에 이름을 날린 검호들과 대련을 치러 피곤에 찌든 상태였지만 렉스터 남작의 움직임에는 한 점 군더더기 없었다.

기사의 표본과도 같은 그를 신뢰 담긴 눈으로 바라보던 실비아가 입을 열었다.

"단도직입적으로 묻고 싶어요. 단장님은 오라버니에 대해 어떻게 생각하죠?"

"…주군 말입니까?"

"네, 제 오라버니이자, 단장님의 주군인 티엘 로운 백작을 말하는 거예요."

렉스터 남작의 표정이 기괴하게 일그러졌다. 그리고 여태까지 쌓인 답답함이 입을 비집고 한숨으로 승화되어 흘러나왔다. 그 또한 자신의 범주에서 티엘을 판단해 보려 했지만 그야말로 파악이 불가능한 인물이었다.

"주군은 알 수 없는 신비한 분입니다."

"신비하다고요?"

"어디까지가 실력이고, 어디까지가 진심인지 알 수 없습니다. 아직 어린 나이지만 언제는 끝을 알 수 없을 정도로 깊고, 언제는 어린아이처럼 빤히 보이기도 합니다. 그래서 주군은 감히 재단할 수 없는 신비한 분이라 칭한 것입니다."

제법 길게 말했지만 속에 쌓인 것을 풀어내면 한도 끝도 없었다.

분명 보이지 않는 쾌검은 티엘과 관련이 있는 것인데 어떠한 증거도 찾을 수 없었다. 그리고 그가 자신에게 떠맡김으로

써 세상은 자신의 능력에 과대평가를 하고 기대하게 되었다.
최근 그 현상으로 인해 잠조차 제대로 이루지 못한 채 수련에
매진하고 있는 그였다.

소문에 부응하는 모습을 보여야 주군의 이름에 흠집을 안
낼 수 있기 때문이다.

하지만 이와 같은 근면성실함과 나날이 늘어가는 실력으
로 인해 소문은 풍선처럼 부풀어가니, 그야말로 미칠 지경이
었다.

그걸 이렇듯 좋게 표현해 낸 것이다.

실비아는 눈을 빛내면서 렉스터 남작이 표현하고자 한 바
를 단번에 파악했다.

"한마디로 괴팍하다는 거네요. 그죠?"

"…아닙니다."

"그렇다는 거네요. 알았어요, 감사해요."

"자, 잠시!"

렉스터 남작은 실비아를 붙잡으려고 했지만 그녀는 이미
저 멀리 사라져 있었다.

"이건 말도 안 돼!"

렉스터 남작의 의견을 수렴하고 여러 사람에게 티엘에 대
한 평가를 전해 들은 그녀는 경악을 금치 못했다. 자신이 생

각했던 것과 판이하게 다른 평가가 거듭 흘러나왔던 것이다.

가스론 자작은 티엘에 대해 평하기를, 유례가 없을 정도로 훌륭한 군주가 될 것이라 극찬했고, 최근 두각을 드러내는 기사 그윈은 렉스터 남작과 판이하게 신비한 인물이라 평했다.

자신이 원하는 답을 듣지 못한 실비아는 급기야 정보부를 책임지는 아스터 남작에게 찾아가 티엘에 대해 물었다. 그라면 누구보다 티엘을 정확하게 파악하고 있을 거란 확신이 있었다.

하지만 흘러나온 대답은 가관이었다.

"그분은 인간의 범주를 벗어나셨습니다. 하루에 삼천여 장의 서류를 처리하실 정도로 뛰어난 행정력을 보유하고 계십니다."

얼마 전 조사한 인재 목록에서 몇 명 간추려 낸 것을 그렇게 해석하고 있는 아스터 남작이었다. 진흙 속에서 진주를 찾아내는 그의 능력은 놀랍기 그지없어 이미 열렬한 추종자가 되었다.

"그분이라면 난세를 안정시키고 역사에 남을 충신이 되실 것입니다!"

"그, 그래요."

거듭 열변을 토하는 아스터 남작을 뒤로하고 거처로 돌아온 실비아였다. 그녀의 걸음에는 힘이 하나도 담겨 있지 않았다.

"말도 안 돼, 어떻게 하면 세상을 이렇게 속일 수 있는데?"

많은 사람의 증언을 들었지만 실비아는 자신의 고집을 꺾지 않았다.

잘못된 것은 자신이 아니라 세상이다. 티엘이 뛰어나지만 그렇게 과대평가하다가는 자만을 만들어내게 마련이고, 이는 곧 가문의 위기를 조장할 수 있다.

가문의 미래를 위해서, 그리고 오라버니의 미래를 위해서라도 자신이 움직여야 했다.

"기다려, 내가 꼭 오라버니를 원래대로 되돌려 줄게."

사명감으로 무장한 실비아가 두 손을 불끈 쥐었다.

정례회의 사건 이후, 그윈은 티엘을 만나기 위해 수차례 요청을 했다. 가신들을 처리하고, 가문을 재정비하면서 전쟁 준비까지 겹치게 되어 그윈이 티엘을 만나게 된 것은 한 달여가 흐른 뒤였다.

그는 시간을 내어 만나준 티엘에게 정중히 예를 표했다.

"허락해 주셔서 감사합니다, 주군!"

"찾아온 용건은?"

"주군께 묻고 싶은 것이 있어서 무례를 무릅쓰고 찾아오게 되었습니다."

"묻고 싶은 것?"

"그렇습니다."

"말하도록."

티엘이 말하자, 잠시 머뭇거리던 그윈은 조심스럽게 입을 열었다.

"단장님께서 보이지 않는 쾌검으로 위명을 얻고 계십니다. 하지만 단장님 곁에서 수련한 저는 그것이 아니라는 걸 알고 있습니다."

그렇게 말한 그윈이 힐끔 티엘의 눈치를 살폈다. 그의 표정에는 변함이 없었다. 모르는 사람이 봤다면 자신이 착각하는 것처럼 여겨졌을 수도 있다. 하지만 그는 자신의 생각에 확신을 가지고 있었다.

"저는 정례 회의가 열리기 전 의문의 인물을 만났습니다. 그는 눈으로 식별하기 힘든 쾌검을 구사했는데, 그날 제가 본 보이지 않는 쾌검과 흡사했습니다. 그리고 그 구사하는 분과 주군이……."

"나라는 거군."

"그렇습니다."

"번거롭게 됐군. 의문으로 남았으면 편했을 텐데."

"예?"

그윈의 의문은 이어지지 않았다. 한 줄기 빛이 번뜩이더니,

공간을 격하고 그의 몸을 강타했던 것이다.

퍽!

둔탁한 소리와 함께 몸이 붕 뜬 그윈이 바닥에 처박히며 뒹굴었다. 경악으로 크게 뜨인 두 눈이 그동안 갖고 있던 의문을 해결해 주는 듯했다.

"커헉, 여, 역시……."

그 말을 끝으로 그는 정신을 잃고 말았다.

쓰러진 그윈을 보며 티엘은 머리를 긁적였다.

도움을 주기 위해 수련을 시켰는데 눈썰미가 좋아 자신의 정체를 단번에 간파한 것이다.

"곤란하군."

전면에 모습을 드러낼 생각이 없었던 티엘은 고개를 저었다.

그윈은 뛰어난 인재이기에 이대로 살인멸구를 할 수도 없는 노릇이었다.

곰곰이 생각에 잠겨 있던 티엘이 기발한 생각을 떠올리곤 눈을 빛냈다.

"그러고 보면 머리에 강한 충격을 받으면 잠시 동안 있던 일을 잊어버린다고 했나?"

기억을 지우는 흑마법이 있으면 편리하련만, 그런 것도 없었다. 티엘은 망설이지 않고 그윈의 머리를 적당한 힘으로 가격했다.

퍼억!

충격에 꿈틀거리던 몸이 다시 잠잠해졌다. 티엘은 그윈을 툭툭 차면서 깨웠다.

"일어나라."

"으음! 주, 주군? 역시 보이지 않는 쾌검을……."

퍽!

정신이 깨어난 그는 다시 놀라움을 표하려다가 쓰러지는 신세가 되고 말았다.

티엘은 난감한 표정이 되어 그윈을 바라보았다.

"한 번으로는 안 되나?"

고민에 빠진 그는 그윈 문제를 어떻게 해결할지 생각에 생각을 거듭했다.

"뇌를 다른 걸로 바꿀 수도 없고, 공간검으로 하자니 그대로 죽음이고."

그야말로 생뚱맞은 생각의 향연.

짧은 시간 동안 자신의 목숨이 몇 번이나 왔다 갔다 한 것인지 그윈은 미처 알지 못했다.

긴 고민 끝에 머릿속에 생각 하나가 번뜩이자, 티엘의 입가에 미소가 맺혔다.

"생각 못할 정도로 굴리면 되겠군."

"으, 으으."

자신의 운명을 직감한 것인지 기절한 그의 입에서 앓는 소리가 흘러나왔다.

다음 날, 한 가지 소문이 헤인조 지방을 강타했다.

그 내용은 최근 검호들에게 가장 화제가 되고 있는 보이지 않는 쾌검에 관련된 것이었다.

—은빛 기사단 유망주 그윈이 보이지 않는 쾌검을 익혔다!

소문을 접한 검호들은 즉시 그윈에게 달려가 도전을 시작했다.

최근 가장 화제가 되는 보이지 않는 쾌검은 검호들에게 있어 반드시 겨뤄보고 싶은 비기 중 하나였다.

정신을 차린 그윈은 티엘에 대해 생각할 겨를도 없이 물밀듯 밀려오는 도전을 받아주어야만 했다.

그동안 렉스터 남작에게 도전할 엄두를 내지 못한 지역적 명성의 검호들이 대거 그윈을 노리고 도전에 나섰던 것이다.

"으아아아!"

영문도 모른 채 대련에 임해야 했던 그윈은 그동안 발전한 발군의 회피 동작을 토대로 세 명의 도전자를 모두 꺾을 수 있었다.

몸도 마음도 지친 그는 곧바로 렉스터 남작에게 달려가 애걸복걸했다.

"단장님! 저 좀 구해주십시오. 보이지 않는 쾌검이라니, 전 그런 걸 익힌 적이 없습니다."

"결국 당했군."

"제가 익히지도 않았는데 왜 도전을 받아야 합니까!"

구구절절 신세한탄을 하고 있는 그였지만 한 가지 잊고 있는 사실이 있었다.

바로 렉스터 남작이 얼마 전까지만 해도 더 혹독하게 시달렸다는 걸 말이다.

"그럼? 주군에게 따질 담량이라도 있나?"

"……."

"조용히 대련에 임하도록."

"단장님!"

애처로운 그원의 목소리가 울려 퍼졌지만 렉스터 남작은 매정하게 몸을 일으켰다. 보이지 않는 그의 얼굴에 미소가 맺혀 있었다.

'이제 내가 편해지겠군.'

자신에게 도전하던 이들이 모두 그원에게 옮겨감으로써 한결 편해진 렉스터 남작이었다.

누군가가 편해지기 위해서는 누군가가 바빠야 한다는 것을 모르는 그원은 처절하게 울부짖으며 괴로움에 몸을 떨어야만 했다.

제5장
인재를 얻는 방법

혜인조 지방은 따뜻하고 수량이 많아 농사를 짓기에 적합한 기후를 지니고 있다. 오랫동안 대지를 달구던 햇빛이 사라지고 비가 쏟아져 내리자, 고요한 침묵 속에 빠져들었다.

"조용하군, 평화로워. 앞으로도 이랬으면 좋으련만."

차를 한 잔 들며 밖을 바라보던 티엘은 입가에 미소를 지었다. 이런 평온함이야말로 자신이 가장 원하는 나날이었다. 하지만 해결해야 할 일들을 떠올리자 곧바로 미간을 지그시 찌푸렸다.

렉스터 남작과 그윈은 티엘이 보이지 않는 쾌검의 소유자라는 걸 알고 있으면서도 묵묵히 자신이 할 일들을 해결하고 있었다.

가스론 자작은 가신들의 공백으로 생긴 업무를 효율적인 인재 배치로 해내고 있었다.

"조용히 시집이나 갔으면 좋겠는데 말이지."

반란을 모의한 영지를 토벌하기 위해 전쟁 준비도 차근차근 이루어지고 있는 가운데, 최근 가장 귀찮게 구는 실비아를 떠올렸다.

회귀 전 그녀를 떠올리면 별다른 것이 없었다.

어린 시절 괄괄한 성격이었지만 성장함에 따라 사랑을 깨닫고, 결혼을 하면서 더 이상 볼 일이 없게 되었다.

여동생에 대한 기억은 그게 전부였는데, 회귀하게 되면서 본 역사와 틀어지자 그녀 또한 그간 보이지 않던 모습을 보이기 시작했다.

매일 찾아와서 꼬치꼬치 캐묻는 것은 물론, 제국의 급박한 정황에 대해서 설명을 하고는 했다.

무슨 이유로 그것을 설명하는지 대충 짐작할 수 있었다. 그래서 조용히 설득하여 넘어가려고 했지만 완강하게 거절하면서 더 찰싹 달라붙으려 했다.

"혼처를 알아봐야 하나?"

귀찮은 마음에 거기까지 생각이 미쳤지만 이내 고개를 저었다.

전생에 바람둥이와 결혼하여 적잖이 속앓이를 했던 그녀다. 이번 생에서는 그렇게 되지 않기를 바라고 있기에 지금 생각은 잠깐의 투정에 지나지 않았다.

최근 들어 귀찮게 굴고 있으니 때때로 이런 극단적인 생각이 들곤 했다.

"어서 남자를 소개시켜 줘야겠군."

그것이 최선의 방법.

하지만 보는 눈이 한없이 높은 실비아를 떠올리며 티엘은 다시 고개를 젓고 말았다.

실비아 문제로 골머리를 앓던 티엘은 갑작스러운 가스론 자작의 방문에 의아한 표정을 지으며 그를 맞이했다. 간단한 안부 인사와 가스론 자작이 찾아온 용건에 대해 꺼내들었다.

"주군의 보살핌으로 행정부를 완전히 구성할 수 있게 되었습니다.

"수고했다."

"먼저 재정 관리를 맡은 것은……."

"됐다."

"예?"

"제국 내에서 손에 꼽히는 학자인 자작이 직접 한 일이 아닌가. 세월도, 행정도 내가 비견될 수 없으니 들어봤자 아무 의미가 없다. 전권을 맡겼으니 자작은 내게 성과로 보여주면 된다."

"아, 알겠습니다."

얼떨떨한 기색이었지만 전권을 부여한다는 것을 실감한 가스론 자작이 감동한 듯 몸을 부르르 떨었다.

더 이상 용건이 없으면 나가보라고 축객령을 내리려 할 때, 가스론 자작은 또 다른 이야기를 꺼내들었다.

"이대로 전쟁을 벌이실 겁니까?"

"문제라도 있나?"

"허허! 전쟁은 물량과 준비만 갖춘다고 정해지는 것이 아닙니다."

"알고 있다."

"먼저 군을 이끌 총사령관을 배정해야 하고……."

"총사령관은 나다."

툭 말을 끊고 태연하게 총사령관을 즉석에서 정하는 티엘. 아무런 위화감을 느끼지 못한 가스론 자작이 고개를 끄덕이며 말을 이어나가다가 멈칫했다.

"주군께서 하신다면 병사들의 사기 진작에 도움이 되겠지만… 허어! 진심이십니까?"

"진심이다."

"허어!"

헛바람을 흘린 가스론 자작은 고개를 절레절레 저었다. 치기 어린 결정이란 생각이 머릿속을 스쳤지만 그것은 이내 사라졌다.

'하긴, 가문의 암적인 아돌프 자작과 키뱅스 자작도 처리했으니.'

그들 가문이 남아 항전을 준비하고 있지만 수뇌부가 사라지면서 우왕자왕하고 있었다.

필시 티엘에게 어떠한 복안이 있으리라.

"하면 군사는 누구로 결정하셨습니까?"

"⋯생각 중이다."

그러면서 자신에게 향하는 시선을 느낀 가스론 자작이 고개를 저었다.

"행정에나 힘을 쓸 뿐, 군사적인 식견은 없습니다."

"추천할 인재는 없나?"

"뛰어난 인물들은 있습니다. 하지만⋯⋯."

저마다 빼어난 능력을 지닌 인재는 자존심이 높아 자신의 마음에 드는 자를 주군으로 정하려고 든다.

그런 점에 있어 티엘은 그다지 매력적인 주군이 아니다.

지난 일 년여의 실정은 물론, 현재까지 렉스터 남작의 꼭두각시라는 느낌이 강했던 것이다.

"일단 추천을 하도록."

"알겠습니다."

추천하는 것은 어려운 일이 아니기에 가스론 자작은 알겠노라고 고개를 끄덕일 수밖에 없었다.

그 뒤에 이어진 것은 일반적인 소소한 이야기였다. 이야기하는 가스론 자작에게 있어 가문의 중대사를 논할 중요한 이야기였지만 티엘은 그것을 한 귀로 듣고 한 귀로 흘려보냈다.

전쟁이라는 것은 하루아침에 벌일 수 있는 것이 아니다. 군사를 징집하고, 훈련을 시킨 뒤, 이동하는 것만 해도 상당한 시일이 소요된다. 거기에 그치지 않고 보급물자를 준비하고 보급대를 파견해야 하며, 원정일 경우 몇 달여의 기간을 소모하면서 물품을 보급해야 한다.

서로 간의 전력에 비슷하면 그다음은 지휘관의 역량에 의해 결정된다. 티엘은 책사의 중요성을 누누이 강조하는 가스론 자작의 말을 듣고 가문에 쓸 만한 인물이 그리 많지 않음을 깨달았다.

"먼저 토릭슨인가."

토릭슨 에조.

회귀 전, 책사로 명성을 떨친 그는 비운의 책사로 통하는 인물이었다.

목적을 위해 수단과 방법을 가리지 않는다고 알려진 그는 다양한 전략 전술을 통해 상대를 무너뜨리고는 했는데, 젊은 나이에 병으로 죽음을 당하기 전까지는 제이론 슈마커와 경쟁 구도를 이루고는 했다.

노이안 지방의 헤셀 백작가에게 가문이 멸망하면서 헤인조 지방으로 도피했는데, 때를 기다리다가 입맛에 맞는 주군을 고르면서 죽기 전 복수를 해내는 집념의 인물이기도 했다.

그런 그가 복수를 위해 헤인조 지방에 숨어든 정보를 입수한 것은 그야말로 우연에 가까운 일이었다.

뛰어난 책사인 그를 영입하기 위해 티엘은 먼저 움직일 필요성을 느끼고 조용히 숨어 있는 곳으로 향했다.

"…멋지군."

토릭슨이 숨어 있는 곳은 다름 아닌 로운 백작령 내 음식점이었다.

다른 곳과 달리 가게 문이 열려 있고 그곳에서 맛있는 향기가 흘러나왔는데, 지나가던 사람들이 한 번쯤 시선을 돌릴 정도로 매력적인 곳이었다.

"어서 옵셔!"

안으로 들어서니, 어린 점원이 친절하게 티엘을 맞이했다. 혼자인 것도 아랑곳하지 않은 채 상냥한 미소를 짓더니, 마련된 자리에 앉히고는 주문을 받았다.

"가장 비싼 음식 세 가지."

"옙! 주문받았습니다."

메뉴를 듣지 않고 주문을 하니 신바람이 난 점원이 사라지자, 가게를 둘러볼 여유가 생겼다.

식전임에도 제법 많은 사람이 자리에 앉아 있었다. 음식을 먹는 이들의 얼굴에 하나같이 만족의 기색이 서려 있어 기대감을 자아냈다.

손님들을 살피면서 토릭슨이 나오길 기다렸지만 그의 모습은 볼 수 없었다. 얼마 지나지 않아 예의 점원이 밝은 표정으로 음식을 들고 왔다.

"여기 음식입니다. 저희 식당이 자랑하는 음식 삼종 세트입니다. 맛있게 드십쇼!"

"수고했다. 한 가지 묻고 싶은 게 있는데."

"얼마든지 물어보십셔!"

그러면서 동화 세 개를 건네니 어린 점원이 두 눈을 반짝이면서 간이라도 빼어 줄 것처럼 두 눈을 빛냈다.

티엘은 주방 쪽에 시선을 두며 입을 열었다.

"이곳에 토릭슨이 있다고 들었는데."

"토릭슨 형님 말씀이십니까?"

어린 점원의 표정이 순간 일그러졌다가 본래대로 돌아왔

다. 무언가 아는 바가 있는 것 같아 재촉하는 의미의 눈빛을 보내자, 곧바로 아는 내용을 쏟아냈다.

"주방 쪽에서 일을 하고 있긴 한데, 본래는 잡일 담당이라고 봐도 무방합니다. 그런데 요리사가 되겠다고 자투리 재료를 가지고 요리를 하는데… 손님께만 말씀드리지만 세상에 그렇게 재능이 없는 요리사는 처음 봤습니다."

"그렇군. 좋은 정보 잘 들었다."

"헤헤! 필요한 게 있으면 얼마든지 불러주십쇼!"

손에 든 동화를 보며 미소 짓던 점원이 꾸벅 고개를 숙이고는 사라졌다. 탁자 가득 채우고 있는 음식을 보며 티엘은 생각에 잠겼다.

비운의 책사인 토릭슨이 요리사라니. 들려오던 것과 전혀 맞춰지지 않는 사실이 아닐 수 없었다.

그러나 점원의 말이 사실이라는 걸 깨닫는 데는 오래 걸리지 않았다. 주방에서 젊은 청년이 모습을 드러내더니, 손에 든 접시를 들고 손님들을 향해 큰 목소리로 외친 것이다.

"으하하! 오늘도 새로운 요리를 만들어냈습니다. 요리왕이 되어 황궁 주방장이 될 이 요리왕 토릭슨의 새로운 메뉴가!"

입가에 웃음을 매달고 있으니 두 눈은 흐릿하게 풀려 있었다. 정보부에서 조사한 대로 그가 토릭슨 에조라는 것을 단번에 파악할 수 있었다.

자리에 앉은 손님들은 그를 보며 웃음을 감추지 않았다.

"또 시작이군."

"미치광이 요리사 토릭슨이지. 크큭!"

"오늘은 어떤 미친 요리가 나올까?"

토릭슨의 요리는 이미 손님들 사이에서 유명한 듯싶었다. 대체 어느 정도인가 싶어 흥미로운 눈으로 그가 하는 행동을 지켜보았다.

손님들이 음식을 볼 수 있도록 내민 토릭슨은 의기양양한 목소리로 외쳤다.

"미래의 요리왕이 만든 특선 요리가 단돈 일 골드입니다! 이 요리로 말할 것 같으면 엄선된 도마뱀 꼬리와 전갈 집게를 볶아 크림소스를 버무린 것으로……."

상세한 설명이 이어질수록 손님들은 입맛이 생기기는커녕 떨어지는 표정을 지었다. 전혀 어울리지 않는 재료 조합에 모양새 또한 괴상했으니 그럴 수밖에 없었다. 하지만 이마저도 재미있게 여기고 있는 것으로 보아 이 식당의 명물이 토릭슨이라는 걸 알 수 있었다.

"저걸 먹는 사람이 있을까?"

"글쎄? 그런 미친놈이 또 나올까."

"나올지도. 그래서 먹고 열 받아서 환불해 달라고 하던 경우도 있었으니까."

"크크크!"

비웃음이 역력한 모습으로 보아 음식 맛은 괴상한 외형에 상응하는 맛을 지녔음이 분명했다.

티엘이 손을 들어 토릭슨을 불렀다.

"미래의 요리왕 음식, 내가 먹어보지."

"……."

순간 식당 안에 침묵이 감돌았다. 그들은 어안이 벙벙한 표정을 짓다가 이내 비웃음이 역력한 기색으로 티엘을 바라보며 쑥덕거렸다.

"허어! 저런 용자가 아직도 있었나?"

"희생자가 발생했군."

혀를 차는 사람부터 안타까운 표정을 짓는 사람들까지, 각양각색의 반응이 흘러나왔다. 하지만 정작 당사자인 티엘과 음식을 만든 토릭슨만이 밝은 표정을 하고 있었다.

"현명한 판단이십니다, 고객님."

"그럼 맛보도록 할까?"

"예! 얼마든지. 미래의 요리왕이 만든 특제 음식, 집게 꼬리 크림 범벅입니다."

토릭슨의 권유에 티엘은 포크를 들어 음식을 맛보았다. 도마뱀 꼬리의 쫄깃함과 집게의 바삭함, 크림소스의 느끼한 맛이 느껴졌다.

'따로 노는군.'

세 맛이 한데 어우러지면 괜찮을 테지만 문제는 전부 맛이 따로 논다는 점이었다. 이런 음식을 제값 치르고 먹을 인물은 이 세상 어디에 없다고 봐도 무방했다.

"어떻습니까, 손님?"

"괜찮군, 미래의 요리왕다운 참신한 발상이야."

"하하하! 감사합니다. 제 요리를 알아주시는군요."

"이렇게 제정신이 아닌 척하면서 사람들의 이목을 속이고 있었나, 토릭슨 에조?"

"……"

순간 여태까지 미소를 짓고 있던 토릭슨의 표정이 딱딱하게 굳어졌다. 흐릿하게 풀려 있던 두 눈은 매서운 빛을 발하고 있었는데, 그것은 짧은 순간 본래대로 되돌아오며 천연덕스럽게 물었다.

"하하! 무슨 말씀을 하시는 건지?"

"요리왕으로는 네 복수를 할 수 없다는 뜻이다, 토릭슨 에조."

"…넌 누구지?"

"널 데려가고 싶은 사람."

간단명료하게 자신의 용건을 밝히는 티엘. 예상했던 것처럼 토릭슨은 짧은 순간 그를 훑어보면서 코웃음을 쳤다.

"날 데려갈 수 있다고 생각하나?"

동시에 전신에 엄습하는 날카로운 기세는 그가 단순히 미치광이인 척 요리왕을 칭하는 것이 아님을 알게 했다. 에조 가문은 대대로 기사를 배출하는 가문이기에 본신의 실력은 상당했다.

"예상치 않은 뛰어난 실력이군. 제법 도움이 되겠어. 나는 네가 원하는 것을 이루어줄 수 있다."

"복수를 해주겠다는 건가?"

"아니."

"나에 대해 모르면서 잘도 지껄이는군."

아까 전 흐리멍텅한 모습이라고는 믿기지 않을 정도로 날선 모습이었다. 티엘은 개의치 않고 입꼬리를 말아 올리면서 툭 내뱉었다.

"복수는 네가 해라. 그 발판을 마련해 주지."

"…말장난할 필요를 못 느낀다. 꺼져라. 아니, 내가 사라져 주지."

속내를 들킨 이상 이곳에 있을 생각이 없는 토릭슨이었다. 그가 자리에서 일어서려고 할 때, 별안간 티엘의 안색이 새파랗게 질리면서 자리에 무너져 내렸다.

"윽!"

"……!"

갑작스러운 그의 반응에 표정을 굳히고 있던 토릭슨조차 당황한 기색을 감추지 못했다. 흥미진진한 기색으로 지켜보던 구경꾼들은 쓰러진 티엘을 보며 당황하여 목소리를 높였다.

"뭐, 뭐야?"

"저게 대체 왜?"

"독이다!"

누군가의 외침에 식당 분위기는 싸늘하게 식어갔다.

그 외침이 들려오는 순간, 마치 기다린 것처럼 식당 안으로 십여 명의 영지병이 진입했다.

"독이라고?"

"저, 저기를 보십시오!"

"독이라니, 헉!"

한 사람의 지적에 우르르 다가갔던 영지병 중 한 명이 티엘의 얼굴을 발견하고는 안색이 흙빛으로 바뀌었다. 그리고 엄중한 표정을 지으면서 손님들을 향해 외쳤다.

"모두 나가라!"

흉흉한 그들의 기색에 손님들은 주춤거리다가 빠른 속도로 식당 밖으로 나갔다. 안에 아무도 남지 않자, 병사가 티엘을 살피면서 무거운 어조로 말했다.

"영주님이시다."

"뭐, 영주님이라고?"

"대체 영주님이 왜 이곳에? 그나저나 독이라니! 설마 독살을 계획했단 말인가?"

미치광이를 가장하고자 만들었던 음식이 어느새 영주의 독살을 위한 간계로 바뀌어 있었다.

돌아가는 상황이 심상치 않다는 것을 느낀 토릭슨은 저도 모르게 뒤로 한 걸음 물러나면서 해명했다.

"나, 난 독을 넣지 않았소!"

"그 이야기는 감옥에서 듣겠다."

"난 독을 넣지 않았단 말이오!"

단호한 영지병의 태도에 토릭슨은 표정을 찌푸리면서 외쳤다. 그에 아랑곳하지 않고 영지병은 주방에 있는 식당 직원을 보며 물었다.

"이 녀석의 가족이 있는가?"

"예? 아, 예."

"그렇다는군."

교묘하게 가족을 물고 늘어지는 영지병의 행동에 토릭슨은 어깨를 축 늘어뜨렸다. 자신이 빠져나갈 구멍이 어디에도 존재하지 않음을 깨달았다.

"…알겠소. 체포되는 건 나로 국한해 주시오."

"그러지."

두 명의 영지병이 토릭슨을 포박했다. 영주에게 독을 먹인 혐의를 받은 자신이 빠져나갈 구멍은 어디에도 없어 보였다.

도망치지 못하게 꽁꽁 묶이자, 죽은 듯이 누워 있던 티엘이 자리에서 일어났다.

"아, 나았다."

"뭐, 뭐?"

"평소에 포션을 갖고 다녔더니 다행히 나았군."

천연덕스럽게 자기변호를 하는 티엘. 처음 쓰러질 때부터 지켜본 토릭슨은 그가 포션은커녕 미동조차 안 했던 것을 알고 있었기에 표정이 점점 흉하게 일그러지기 시작했다.

'당했다.'

머릿속으로 천둥 벼락이 내리쳤지만 이미 자신은 체포된 상황이다.

이를 갈며 티엘을 바라보니, 그는 입꼬리를 말아 올린 채 자신을 바라보고 있었다.

"연행하도록."

만난 자리에서 독이 든 음식을 권했다는 것은 치명적인 죄로 작용했다. 감옥에 갇힌 토릭슨은 힘을 잃고 축 늘어졌다. 그러다 티엘이 모습을 드러내자 이를 부득 갈면서 날카로운 눈으로 쏘아보았다.

"헤인조 지방의 맹주가 이토록 치졸한 수작을 쓸 줄 몰랐소."

"인재를 얻기 위해 이 정도도 못할까. 나는 네 힘이 필요하다. 지금부터 네가 선택할 수 있는 선택안을 알려주도록 하겠다."

"내가 들을 것 같소?"

"듣는 것이 좋을 거야. 가족들이 많이 불안해하던데?"

이를 바득바득 갈면서 티엘을 노려보는 토릭슨이었다.

그가 발산하는 살기 따위는 전혀 신경 쓰지 않은 채 태연자약한 어조로 입을 열었다.

"첫째, 지금 당장 승복하고 가문의 군사가 되어 일을 한다. 둘째, 일 년 뒤 승복하고 가문의 군사가 되어 일을 한다. 셋째, 이 년 뒤 승복하고 가문의 군사가 되어 일을 한다. 넷째, 삼 년 뒤 승복하고 가문의 군사가 되어 일을 한다. 다섯째……."

처음부터 지금 말하는 모든 것까지 같은 내용이었다.

가문의 군사가 되어 종사하는 것. 다만 단계가 넘어갈 때마다 감옥에 있어야 하는 햇수가 늘어가는 것뿐이었다.

조용히 듣고 있던 토릭슨이 외친 것은 티엘이 열세 번째를 말할 때였다.

"그만! 그만하시오! 대체 그게 무슨 선택안이란 말이오?"

"알아듣지 못했나? 그럼 다시 처음부터 말하지. 첫째는 당장 승복하고 가문의 군사가 되는 것이다. 둘째는……."

"이미 알고 있소. 괜히 번거롭게 떠들 필요 없소."

"음! 번거롭게 백 번째까지 말할 필요가 없어서 다행이군."

"으으!"

표정 하나 바꾸지 않고 말을 하는 모습은 그가 진심임을 알 수 있어 치를 떨게 만들었다.

전신이 포박되어 감옥에 갇힌 자신에게 선택권이 없음을 깨달았다. 티엘은 자신의 사정을 모두 꿰뚫고 있고, 치졸한 수법을 써서라도 자신을 얻고자 한다.

"대체 내가 무얼 할 수 있다고 출사를 강요하는 것이오?"

"너의 능력은 내가 판단한다. 현재 본가는 네 능력을 필요로 한다. 그것뿐, 선택은 너의 몫이다."

"선택이라고 해도 결국 가문에 종사하는 것 아니오."

토릭슨의 목소리는 한결 누그러졌다. 냉정하게 생각해 보면 티엘이 자신의 능력을 인정하기에 오늘 같은 일이 발생했다는 걸 깨달았다.

"계속 버티면 해골이 되어 나갈 수는 있다."

"큭! 그럴 수는 없지. 내게는 목적이 있으니까. 로운 백작! 당신을 주군으로 모신다면 내가 복수할 수 있는 것이오?"

"그건 너의 몫이다. 가문이 내부의 일을 순조롭게 처리한다면 그 세력은 노이안 지방으로 뻗어나갈 것이고, 자연히 헤셀 백작가와 충돌하겠지. 그다음은? 모든 것은 네가 하기 나름이다, 토릭슨 에조."

고민할 시간은 짧았다. 그는 소문보다 더 무자비하고 직선적인 인물이었다.

"…앞으로 주군으로 모시겠습니다. 주군이 제 몫이라고 한 이상, 제 능력을 발휘할 수 있는 무대를 마련해 주시길."

"네가 날뛸 곳은 이곳이 아닌 제국이다. 마음껏 날뛰도록."

"예, 주군."

무릎을 꿇고 포박된 채 예를 취하는 토릭슨을 보며 티엘은 입꼬리를 말아 올렸다.

비운의 책사 토릭슨 에조를 얻은 티엘은 미간을 살짝 찌푸렸다. 책사 하나를 얻고자 그가 쏟은 심력은 정례 회의에서 적을 제거한 것보다 신경이 많이 쓰였다.

"인재를 얻는 건 쉽지 않군."

하지만 영시를 빌진시키기 위해서는 인재 영입이 반드시 필요한 일이었다.

현재 로운 백작가는 내부적으로 가스론 자작을 중심으로 뭉친 행정부가 자리를 잡아나가고 있었고, 군사적으로는 기사단장인 렉스터 남작과 북부 근방을 지키고 있는 드뮐레 장군이 주축을 이루고 있다.

그에 반해 군사를 운용할 수 있는 책사는 전무한 상황이었다. 티엘은 이 부서를 새로 설립하여 토릭슨을 비롯한 책사 재능을 지닌 이들로 채워 나갈 생각이었다.

영지를 발전시키고, 자신과 관련된 사람들이 모두 행복해지기 위해서라는 대의명분을 가지고 있었다. 궁극적으로 이들이 뛰어나다면 자신이 귀찮음을 덜 수 있다는 장점이 존재한다.

"주군, 말씀하셨던 인재들을 데려왔습니다."

"수고했다, 가스론 자작."

가스론 자작은 자신이 한 약속을 지켰다. 티엘과 약속한 기한을 지켜 당장 부족한 인재를 초빙하기에 이른 것이다. 티엘이 그의 수고를 치하하자, 가스론 자작이 입가에 미소를 지었다.

"허허! 이 늙은이가 할 수 있는 것이 그동안 형성한 인맥 말고 무엇이 있겠습니까? 주군의 과찬에 몸 둘 바를 모르겠습니다."

"충분히 칭찬할 가치가 있다."

"감사합니다. 제가 데려온 이들은 밖에 있습니다. 한번 보시지요. 들어오라!'

카랑카랑한 목소리가 울려 퍼지면서 밖에 대기하고 있던 두 명이 안으로 들어왔다.

한 사람은 작지만 단단한 근육이 자리하고 있어 돌덩이같이 묵직한 분위기를 풍기는 인물이었고, 다른 이는 큰 키에 날카롭게 벼려진 기운을 발산하고 있었다.

"자기소개를 하도록."

먼저 나선 것은 듬직한 체구의 사내였다. 삼십대 초반의 그는 사뭇 위압적인 기세를 풍기면서 티엘에게 인사를 건넸다.

"바이트입니다. 로운 백작 각하를 뵙게 되어 영광입니다."

"팔롭입니다."

강렬한 기세와 날카로운 기세가 동시에 티엘을 덮쳐왔다. 무례하기 그지없는 행동이었지만 티엘은 피식 웃으면서 가볍게 고개를 끄덕였다. 그러자 놀랍게도 둘의 기운이 흔적도 없이 깨끗하게 사라졌다.

"크흠!"

"음!"

동시에 흘러나오는 침음. 바이트와 팔롭의 두 눈에 이채가 스쳐 지나갔다.

티엘은 그들의 반응에 아랑곳하지 않고 입가에 미소를 지은 채 말했다.

"나는 인재가 필요하다. 간단하게 말하지, 너희를 본가의 가신으로 받아들이고 싶다. 어떤가?"

"저희의 능력을 검증하지 않으시고 받아들이실 생각입니까?"

"가스론 자작의 추천이라면 너희의 능력은 어느 정도 검증되었다는 이야기지. 능력에 대해서 다른 할 말은 없다."

그 말에 가스론 자작은 감격한 표정이었지만 둘은 그리 밝은 표정이 아니었다.

명망 높은 가스론 자작의 추천을 받았지만 세간에 들려오는 티엘의 소문이 워낙 좋지 않았기 때문이다. 스물이 되었음에도 아직까지 혼인을 하지 않은 이유가 남색가라서 그렇단 말도 있었다.

바이트가 앞으로 나서면서 티엘에게 말했다.

"제가 로운 백작가에 종사하기 위해서는 한 가지 조건이 필요합니다."

"뭐지?"

"저는 돈이 필요합니다. 백작 각하께서는 제 능력을 믿고 백 골드를 빌려주실 수 있겠습니까?"

"뭐라, 백 골드? 바이트! 지금 네가 무슨 말을 하는 건지 알고 있는가?"

티엘의 대답보다 앞선 것은 가스론 자작의 노성이었다. 분노에 물든 그는 날카로운 눈으로 바이트를 쏘아보았다. 그에 아랑곳하지 않은 바이트는 묵묵히 티엘을 바라보고 있을 뿐이었다.

"백 골드라, 소박하군. 삼백 골드를 주겠다."

"예?"

"네가 쓸 만한 인재라면 삼백 골드를 주겠다는 것이다. 아니, 미리 지급을 하지. 대신 넌 삼백 골드에 해당하는 가치를 보여야 할 것이다. 이에 부응할 자신이 있는가?"

바이트의 얼굴이 씰룩였다. 살아오면서 자신이 갈고닦은 모든 것이 금액으로 평가된다는 사실이 기쁠 리 없었다. 하지만 그의 얼굴을 뒤덮고 있는 것은 명백한 환희. 삼백 골드라면 더 이상 늙은 노모가 병마에 시달리지 않고 가난에 허덕이는 가족들이 굶주리지 않아도 된다.

즉시 허리를 굽힌 그가 힘차게 외쳤다.

"해내겠습니다. 앞으로 주군으로 모시겠습니다!"

"지켜보지. 넌 어떻지?"

한 명을 해결한 티엘은 팔롭에게 시선을 옮겼다. 그는 처음부터 일관되게 날카로운 기세를 발산하고 있었다.

"진 세상을 돌아다니면서 검을 갈고닦는 데 제 모든 것을 바쳤습니다. 실례가 되지 않는다면 백작 각하와 겨뤄보고 싶습니다."

"나와 대결이라, 나의 검과 겨뤄보고 싶다는 건가?"

"그렇습니다."

"좋다, 그 제안을 받아들이지."

흔쾌히 받아들이자, 가스론 자작과 바이트가 깜짝 놀란 표정을 지었다. 서로 알고 지내는 사이인 그들이기에 팔롭이 얼마나 강한 무위를 지니고 있으며, 무자비한 손속을 지니고 있는지 잘 알고 있었던 것이다.

앞으로 나선 가스론 자작이 티엘을 만류했다.

"주군! 이게 무슨 결정입니까."

"나의 검과 겨뤄보고 싶다고 하니 겨뤄줘야지."

"말도 안 되는 일입니다."

"이들을 내게 소개한 이상, 이제부터는 내 일이다. 가스론 자작."

단호한 그의 말에 가스론 자작은 앓는 소리를 내며 뒤로 물러났다.

"그럼 이동할까."

"한 수 부탁드리겠습니다."

팔롭이 굳은 표정으로 고개를 끄덕였다.

"……."

팔롭은 지금 상황에 평소 보이지 않았던 당혹스러움을 보이고 있었다.

처음 대면한 자리에서 티엘은 범상치 않은 기세를 풍겼고, 가슴속에 그와 겨뤄보고 싶다는 충동이 강하게 들었다.

그렇다고 딱히 그의 밑에서 종사하고 싶은 마음이 없어 대결을 하자고 했던 것이다.

그런데 상황이 이상하게 돌아갔다.

대결에 나선 것은 티엘이 아닌 요즘 위명을 떨치고 있는 은빛 기사단장 렉스터 남작이었던 것이다.

티엘은 아무렇지 않은 표정으로 렉스터 남작을 소개시켰다.

"나의 검, 렉스터 남작이다."

"…렉스터 남작이오."

"팔롭입니다."

렉스터 남작은 속으로 당혹스러움을 금치 못할 팔롭을 동정했다.

뜬금없는 티엘의 행동은 사람을 당황하게 만들기 충분했다. 그로 인해 자신은 발휘할 수도 없는 보이지 않는 쾌검이란 비기를 얻게 되었고, 수많은 도전자와 겨루면서 아이러니하게 비약적인 발전을 이룰 수 있었다.

간단한 말장난으로 나의 검이 렉스터 남작이라고 밝히니, 팔롭으로서는 뭐라 이견을 제시할 수 있는 처지가 아니었다.

그가 주군을 모시며 맹세한 '주군을 향한 맹목적인 충성심'은 그 어떤 불합리한 명령이 떨어져도 충실히 수행하겠다는 의지가 깃들어 있는 것이었으니까.

"최선을 다하지."

"부탁드리겠습니다."

가볍게 예를 취한 두 검사가 검을 뽑아 들었다. 팔롭이 선제공격을 가함으로써 둘의 대결이 시작되었다.

대결은 치열한 공방전으로 흘렀다. 팔롭의 검은 날카롭고 경쾌하여 허공에서 너울너울 춤을 추고 있는 듯했으며, 렉스터 남작의 검은 직선적으로 상대를 분쇄시키는 강력한 힘을 내포하고 있었다.

하지만 대결의 흐름이 어긋나기 시작한 것은 채 열 합이 흐르기 전이었다. 최근 위명이 허튼 것이 아니라는 걸 증명하듯 렉스터 남작이 강력한 힘을 담은 검격으로 팔롭을 궁지에 몰아넣었다.

떠엉!

"끄으으."

손아귀가 찢어지는 느낌에 팔롭은 뒤로 주춤 물러났다. 렉스터 남작은 마무리를 하지 않고 조용히 그를 바라보며 말했다.

"대결이 끝난 것 같군."

"졌습니다."

마무리를 하고자 달려들었다면 자신은 아무런 대응도 못했을 것이다.

패배를 시인한 팔롭은 고개를 절레절레 저었다. 힘을 위주로 한 검이라면 손쉽게 요리할 수 있을 거라 생각했지만 그마저도 부숴 버리는 렉스터 남작의 검은 패도적 그 자체였다.

짝! 짝! 짝!

대결을 지켜본 티엘이 친 박수였다.

"멋진 대결이었다.

하지만 그 말 속에 진심이 담기지 않았다는 걸 렉스터 남작도, 팔롭도 느꼈다.

"나의 검을 보니 어땠지?"

"대단했습니다."

"그렇군. 내가 보기엔 너도 쓸 만한 실력이었다. 하지만 좀 더 가다듬어야 할 부분이 있는 것 같군."

"무슨 뜻입니까?"

자존심을 건드리는 그의 말에 팔롭은 인상을 찌푸렸다.

"중검조차 요리할 수 있는 변화의 끝. 그것이 필요하지 않나?"

"…그걸 어떻게?"

자신이 느낀 부족함을 정확하게 짚어내자 팔롭의 얼굴에 경악이 번졌다.

티엘은 입가에 미소를 지으며 렉스터 남작을 가리켰다.

"그것은 렉스터 남작이 해줄 수 있다."

"주군?"

"어떤가? 나의 검과 함께 자신만의 검을 만들어 나가지 않겠는가?"

"…충성을 바치겠습니다."

"좋다, 앞으로 잘 부탁하지."

팔롭에게 다가가 어깨를 두드린 티엘은 입꼬리를 말아 올린 채 렉스터 남작을 바라보았다.

돌아가는 상황에 황당함을 느낀 그가 입을 열려고 했지만 티엘이 먼저 말했다.

"수고하도록, 렉스터 남작."

뒤도 돌아보지 않고 자리를 벗어나는 티엘. 하고 싶은 말이 산더미 같았지만 타이밍을 놓친 렉스터 남작은 앓는 소리만 냈다.

"끄응."

가스론 자작이 추천한 바이트와 팔롭은 뛰어난 인재였다. 올해 서른세 살인 바이트는 우직한 성격 때문에 귀족들의 눈에 들지 못해 제국 곳곳을 떠돌아다녀야만 했다. 하지만 개인의 무위가 상당하고, 전술에도 밝아 정공법에 능한 장군으로 가능성이 높았다.

팔룹은 서른한 살에 불과했지만 지닌 실력은 이미 궤도에 올랐고, 자신만의 검을 추구할 정도로 뛰어난 검사였다. 그가 은빛 기사단에 소속되어 렉스터 남작과 함께한다면 모두에게 시너지 효과를 낼 수 있었다.

"바이트와 팔룹이라, 제법 쓸 만한 자들이로군."

제국의 유명한 가스론 자작답게 괜찮은 천거였다. 뛰어난 인물이 있으면 얼마든지 추천하라는 말을 하며 티엘은 정보부에서 파악한 인재 중 마지막 인재를 데려가고자 마음을 먹었다.

티엘이 데려오고자 하는 인물은 바로 제이론 슈마커.

비운의 책사인 토릭슨과 함께 두뇌만으로 한 국가를 압도했다는 뛰어난 인재였다.

그와 토릭슨이 있다면 얼마 후에 벌어질 영지전은 어렵지 않게 토벌할 수 있을 것이 분명했다.

"제이론 슈마커, 넌 과연 어떨까."

귀찮음에서 벗어날 그날을 떠올리며 티엘이 움직였다.

제이론 슈마커는 뒤에 성이 있는 것처럼 귀족 가문 출신의 인물이었다. 하지만 그의 가문은 오래전에 몰락하여 사실상 성만 남았고, 그 생활은 일반 평민과 크게 다르지 않았다.

티엘이 찾은 그의 거처는 여느 평민들과 다를 바 없는 평범한 집이었다. 문 앞에 도착한 그는 어느새 자신 앞에 다가와 빤히 바라보고 있는 꼬맹이를 발견할 수 있었다.

"누구냐?"

"그러는 형은 누구예요?"

"난 손님이다."

"전 이 집 주인이에요."

"네가 주인이라고?"

"아뇨, 정확하게는 제 형이 주인이에요. 전 작은 주인이요, 헤헤!"

혀를 빼문 꼬맹이는 해맑게 웃었다. 보는 사람도 마음이 편해지는 그런 웃음이었지만 티엘은 가볍게 손을 저으며 말했다.

"여기서 시간 소모할 이유가 없다. 나는 네 형을 만나러 왔다. 네 형 이름이 제이론 슈마커, 맞지?"

"네, 맞아요. 어떻게 아셨어요?"

"워낙 유명한 이름이라서 알았다. 너희 형은 안에 있나?"

"음, 이걸 말해줘야 하나 말아야 하나."

두 눈이 영악하게 빛나는 것을 보며 티엘은 피곤이 몰려오는 걸 느꼈다. 한낱 꼬맹이도 이렇게 머리를 잘 굴리는 것을 보면 슈마커 집안의 인물들이 머리가 좋은 것은 인정해야 할 듯싶었다.

"있다는 거로군."

"그걸 어떻게? 앗! 속았다."

"그럼 들어가지."

"아, 안 돼요! 형은 공부할 때 방해받는 걸 싫어한단 말이에요."

다리에 매달려 앙앙거리는 꼬맹이는 무시한 채, 곧바로 안에 진입하는 티엘이었다. 문을 열고 집 안으로 들어가니, 그곳에는 탁자에 책을 펼쳐놓고 독서에 빠진 젊은 청년이 눈에 들어왔다.

"아, 끝났어. 난 형의 공부를 망친 죄로 종아리를 맞게 될 거야."

세상을 다 잃은 것처럼 한탄하는 꼬맹이를 뒤로하고 티엘이 앞으로 나섰다.

"제이론 슈마커."

"…당신은 누구십니까? 제가 제이론 슈마커입니다."

스물한 살인 제이론 슈마커는 훤칠한 키에 잘생긴 외모를 지닌 청년이었다. 입가에 걸린 부드러운 미소는 어떤 여인도 녹일 수 있을 만큼 감미로운 느낌을 발산했다.

"제대로 찾아왔군."

"전 당신의 정체를 물었습니다만?"

예의를 중시하는 제이론 슈마커는 전략 전술로 이름을 날렸지만 국가의 기강을 다잡는 데 지대한 공헌을 세웠다고 한다. 전쟁을 치르면서 가장 강조한 부분이 약탈과 방화의 금지였고, 대신 그에 상응하는 토지를 내려 먹고사는 데 문제가 없게끔 심혈을 기울였다.

그런 그가 갑작스럽게 모습을 드러내어 자신을 바라보는 티엘의 존재를 곱게 여길 리 없었다.

허락도 없이 맞은편에 앉은 티엘이 자기소개를 했다.

"난 티엘 로운이다. 이곳에서 백작이지."

"티엘 로운 백작."

외모를 보고 설마했지만 한 지방의 맹주인 그가 자신의 집에 모습을 드러내자 제이론의 표정이 딱딱하게 굳었다가 무표정하게 바뀌었다.

자리에서 일어난 그는 티엘에게 정중히 예를 취했다.

"백작 각하를 뵙습니다. 이 누추한 곳에 어떠한 일로 오셨는지?"

"뛰어난 인재가 있다는 말을 듣고 이곳을 찾아오게 되었다."

"잘못 들으신 듯합니다. 이곳에 뛰어난 인재는 없으며, 공부하고 있는 청년만 있을 뿐입니다. 저는 백작 각하의 기대에 부흥할 자신이 없으니 돌아가셔서 민생에 힘써주시면 감사하겠습니다."

종사할 마음이 없고, 이럴 시간에 고통받는 백성들의 삶을 돌보라는 따끔한 말이었다.

티엘이 입가에 미소를 지으며 가볍게 툭 말했다.

"그 민생을 해결하기 위해 널 데리러 온 것이다."

'내 말뜻을 알아듣지 못한 것인가? 그 정도로 어리석은 인물은 아니다.'

그를 바라보는 제이론의 눈에 복잡함이 서렸다. 짧은 순간이지만 지금 보여준 모습만 보아도 그에 대한 소문이 잘못되었다는 것 정도는 알 수 있다.

하지만 그는 자신이 모시고자 하는 주군과는 거리가 먼 존재였다.

"죄송합니다. 전 백작 각하의 기대를 충족할 수 없습니다."

"한 말을 또 하게 만드는군. 그 말은 네가 아닌 내가 할 수 있는 말이다. 그럼에도 이렇게 겸양을 내세운다는 것은 자신의 능력에 자신이 없다는 뜻인가?"

"…제가 비록 어리다고 하나 능력도 부족하다고 여기지 마시길."

삭시만 분노가 실린 음성이었다. 하지만 티엘은 전혀 개의치 않고 입꼬리를 살짝 말아 올린 채 말했다.

"그런데 그 능력을 발휘할 수 있는 장을 걷어차는 것은 무슨 뜻이지?"

"솔직하게 말씀드려도 되겠습니까?"

"말하라."

"전 백작 각하를 모실 생각이 없습니다."

"어째서?"

"저는 백작 각하가 수용하기에는 너무 큰 꿈을 갖고 있습니다."

한 번 범한 무례는 끝없이 이어졌다. 제이론은 여기서 그만해야 한다는 걸 머리로는 깨달았지만 아무렇지 않은 표정으로 자신을 폄하하는 티엘의 행동을 가슴으로 용납할 수 없었다.

"꿈은 누구에게나 있다. 단지 능력이 미치지 않을 뿐."

"지금 제 능력을 무시하는 것입니까?"

무능력함의 대명사로 알려진 허수아비 영주가 자신을 무시하다니. 비록 소문뿐이라는 걸 알았지만 자신의 학식에 절대적인 자신을 가지고 있는 그로서는 절대 용납할 수 없는 말이었다.

"그럼 충분하다는 건가?"

"적어도 누구에게 부끄럽지 않을 학식을 쌓았습니다."

"그렇다면 증명해 보도록."

"…무슨 뜻입니까?"

티엘이 무슨 말을 하는 것인지 제이론은 순간 파악하지 못했다.

"스스로 능력에 자부심을 드러냈으니 그만한 것이 있다는 걸 보이란 뜻이다. 너는 너의 재주로 나를 감복시키고, 나는 나의 재주로 널 설득하겠다. 그리고 더 뛰어난 재주를 지닌 자의 의견을 존중하는 것으로 하지. 어떤가?"

"……."

"자신감이 없나?"

"받아들이지요. 대신 그 약속, 귀족의 명예를 걸고 지켜주시길."

제이론의 두 눈이 티엘의 눈을 응시했다. 귀족의 명예는 믿을 수 있어도 그를 믿을 수 없다는 뜻이기도 했다.

모욕적인 언사였지만 티엘은 아무렇지 않은 듯 가볍게 피식 웃음을 짓고는 기꺼이 원하는 바를 들어주었다.

"물론이다. 나 티엘 로운은 가문의 역사와 명예를 걸고 내가 한 말에 책임을 지겠다. 우리는 서로의 재주를 겨룰 것이며, 그 능력에 승복한다면 승자의 말을 따르도록 하겠다. 이 정도도 부족한가?"

"충분합니다."

판이 만들어지자, 제이론은 자신의 능력을 가감 없이 선보이기로 마음먹었다. 세상에 모습을 드러내기 전까지 머릿속에만 꽁꽁 숨겨두었던 구상이고, 지식이었다.

"선공을 양보하지."

예상했던 대로 티엘은 제이론에게 순서를 양보했다. 목을 가다듬은 그가 입을 열기 시작했다.

"그럼 저의 재주를 먼저 보이도록 하겠습니다. 저는 병사를 다스리는 책사가 되기 위해 전략 전술과 점성술, 풍수지리를 익혔습니다. 먼저 헤인조 지방의 상황에 대해 설명하겠습니다. 헤인조 지방은 제국의 축복을 받은 지방이라는 말답게 수로와 해로를 모두 접하고 있으며, 황도와 멀지 않은 전략적 요충지로 각광을 받았습니다. 헤인조 지방 중부에서 남부로 이어지는 평야는 풍부한 식량이 소출되며, 타 지방과 교역으로 얻는 이익은 막대합니다. 이와 같은 삶의 여건은 많은 인구가 몰려들게 하였고, 더 많은 부를 가져다주었습니다. 하지만 최근 들어 헤인조 지방은 고통에 신음하고 있습니다. 권력자의 폭정에 백성들은 재물을 갈취당하고, 수로와 해로에는 수적과 해적이 판을 치며 치안을 어지럽히고 있습니다. 이는 헤인조 지방을 관할하는 중앙 관저에서 온전히 권력자를 다스리지 못했기 때문입니다."

신랄한 비판이 티엘의 귀에 박혀들었다. 그 내용을 들여다보면 천혜의 조건을 타고난 헤인조 지방의 맹주가 되고서 가신들에게 휘둘려 최악의 상황에 직면하게 만든 것은 티엘의 탓이란 뜻이다.

"신랄하군."

"이견이 있으시다면 얼마든지 반박해 주시길."

제이론은 자신감이 넘치는 눈으로 티엘을 바라보았다. 그가 아무리 뛰어나더라도 그동안의 실정을 감안하면 어떠한 말도 할 수 없으리라.

하지만 그의 입에서 흘러나온 것은 방금 전 의견의 반박이 아니었다.

"너의 재주는 잘 봤다. 이제는 나의 재주를 보여주지."

"엇?"

심상치 않은 기세에 제이론은 당혹스러운 표정을 감추지 못했다. 동시에 티엘의 손에서 한 줄기 빛이 뿜어졌다.

서걱!

깨끗이 잘려 나간 상의. 피부에 전혀 생채기를 입히지 않고 양단된 상의가 갈라지면서 안에 입은 상의가 모습을 드러냈다.

당혹감이 역력한 그를 향해 티엘은 입꼬리를 말아 올렸다.

"이것의 나의 재주다."

주르륵.

제이론의 뺨을 타고 한 줄기 땀이 흘러내렸다.

제6장

각자의 재주

상의를 잘라낸 티엘의 검격은 놀라울 정도로 세밀했다. 그의 검격은 누구보다 빨랐지만 안의 피부와 속의 옷은 전혀 건드리지 않았다. 그 사실을 파악할 겨를도 없이 다짜고짜 출수한 티엘에게 화를 냈다.

"이, 이게 무슨 짓입니까?"

"무슨 짓이라니? 이해가 안 되는군."

"재주를 겨룬다고 하지 않았습니까! 저는 제 식견을 가지고 백작 각하를 설득하려고 했습니다. 그러니 응당 백작 각하께서도… 설마?"

머리가 좋은 제이론은 말을 하면서 깨달았다. 자신이 다른 것도 아니고 단순한 말장난에 빠져 함정에 발을 디뎠음을 말이다.

티엘은 식견을 겨루자고 한 것도 아니고, 지식을 겨루자고 한 것도 아니다.

단지 재주를 겨루자고 했을 뿐.

자신이 가장 자신있는 것은 넓은 시야로 상황을 판단하고 적재적소에 해결안을 배치함으로써 최상의 결과를 만들어내는 것이다.

하지만 티엘에게는?

그가 자신있는 재주는 바로 검술이었던 것이다.

'당했다.'

"이제 알아차린 건가?"

"마, 말도 안 되는 내기입니다. 이럴 줄은……."

"나는 내기를 위해 가문의 명예를 걸었다. 너는 귀족의 맹세가 가벼운 것이라 생각하나?"

"……."

신분을 내세우며 무게를 더하는 티엘의 말에 제이론은 꿀 먹은 벙어리가 되었다.

머릿속에 맴도는 것은 자신이 당해도 단단히 당했다는 생각뿐.

"지금이라도 가문의 가신이 되겠다면 이것으로 그쳐주겠다."

"인정할 수 없습니다. 반드시 제 의견으로 백작 각하를 설득하겠습니다. 현재 백성들은 백작 각하께서 간신들을 몰아내고 헤인조 지방에 새로운 희망을 가져올 것이라 생각하지만 그들을 제거한 것은 근시안적인 생각으로⋯⋯."

제이론은 자존심을 꺾지 않고 방금 전 했던 의견에 말을 이어나갔다.

하나하나가 폐부를 찌르는 매서운 지적이었고, 신랄한 비판이 연이어 이어졌다. 그리고 제시되는 해결책은 하나같이 감탄을 금치 못할 만큼 적절한 것이었다.

그러나 티엘은 개의치 않고 그의 의견 제시가 끝날 때마다 한 번씩 검격을 펴부었다.

"하여, 이번 영지전은⋯⋯."

서걱!

"그들을 강경하게 다스려야⋯⋯."

서걱!

"그 후, 수로와 해로를 장악하고⋯⋯."

서걱.

처음 상의에 이어 하의, 그리고 안에 입은 상의가 갈라지고, 달랑 속옷 하의 차림이 된 제이론이다.

치욕스러운 마음에 얼굴이 붉어진 그였지만 매섭게 부릅
뜬 눈은 여전했다.

"더 자를 것이 없군."

"…제 차례입니다."

"들어주지."

"이와 같은 사건을 모두 해결하고 헤인조 지방을 안정시켜
야 할 상황에서 영주가 돌아다니며 강압적으로 인재를 영입
하는 것은 그야말로 부도덕한 행위, 절대 용납할 수 없는 것
입니다. 지금이라도 마음을 달리하여 영지전을 준비하고 장
기적인 시각으로 바라봄으로써……."

신랄한 비판과 조언이 이어진 뒤 티엘이 나섰다.

"내 차례군."

사람의 의복을 하나하나 베어버리는 티엘의 태도는 인간
미가 전혀 느껴지지 않아 제이론조차 질릴 정도였다.

서걱!

검격이 머리를 스치고 지나가는 느낌이 들면서 위쪽이 시
원해졌다. 그리고 사방에 머리칼이 우수수 떨어지는 것이 볼
수 있었다.

주르륵.

하지만 거기서 끝이 아니었다. 따끔한 느낌이 들더니 이마
를 타고 코에 무언가 흘러내린 것이다. 무심코 그것을 만진

제이론의 안색이 하얗게 질렸다. 손에 묻은 것은 붉은 피였다.

"어어?"

"이런, 검격이 어긋났군."

"……."

표정 하나 바뀌지 않고 말하는 모습에 제이론은 가슴이 섬뜩했다.

"집중력이 흩어졌나? 다음에는 저곳인데 온전히 베어낼 수 있을지 모르겠군."

티엘의 시선이 향한 곳은 마지막으로 남은 속옷 하의였다.

제이론의 얼굴은 땀과 피로 얼룩졌다. 하고 싶은 말은 산더미 같았지만 그 말이 끝나게 되면 어떻게 될지 생각만 해도 끔찍했다.

초조한 그와 달리 티엘은 여유로웠다. 의자에 등을 기대고 앉은 채 침묵하고 있는 제이론을 재촉했다.

"말하라. 너의 폭 넓은 식견이 나를 차츰 설득해 나가는군."

"……."

말할 수 있을 리 없었다. 말이 끝나게 되면 자신은 어떻게 될지 모르는데. 자칫 슈마커 가문의 대가 끊겨 버릴지도 모르는 일이다.

"할 말이 없나?"

"이, 있습니다. 그러니까… 먼저 농토를 확보하고 수확량을 늘리는 방법을 연구하면서……."

말을 하는 제이론의 시선은 어느새 티엘이 꺼내 든 작은 단도에 고정되어 있었다. 입으로는 로운 백작가가 나아가야 할 방향에 대해 설명하고 있었지만 머릿속은 온통 한결 둔해진 검격에 대한 생각으로 가득했다.

'속옷만 벨 수 있을까?'

'만약 실수를 하면? 난 어떻게 되지.'

'난 슈마커 가문의 적손이다. 내가 어떻게 되기라도 하면 가문은…….'

'침착해, 침착하자. 난 견딜 수 있다. 여기에서 굽힐 수 없다.'

속에 휘몰아치는 수많은 생각이 고민으로 바뀌었고, 그의 얼굴은 땀범벅이 되어 온통 티엘의 단도에 시선이 집중되었다.

"…그러니 이런 방향으로 영지를 발전시켜야 합니다."

"내 차롄가?"

"아, 아닙니다. 아직 더 있습니다. 수로와 해로를 개척함에 있어서는……."

티엘이 단도를 들자 화들짝 놀란 그가 다시 말을 이어나갔다. 순간 가슴이 철렁 내려앉는 그 감정은 다시 느끼기 싫을 정도로 섬뜩한 것이었다.

"지루하군."

"지, 지루하다니! 그게 무슨 말씀이십니까."

"아까 전부터 같은 말만 반복하고 있다. 자신의 식견이 자신있다고 하더니 결국 여기가 한계인가."

"이, 이익!"

"더 들을 가치가 없으니 내 차례다."

티엘이 단도를 들자, 제이론의 안색이 사색이 되었다.

이대로 그의 검에 자신의 운명을 맡겨야 한단 말인가.

지금 당장 위기를 넘겨도 그다음이 문제였다. 아무것도 걸치지 않은 이상 티엘은 자신의 재주를 보이고자 무언가를 벨 것이고, 결국 자신은 가문의 적손이 지닌 의무를 다하지 못하게 된다.

"안 돼!"

막 검이 움직이려고 할 때 끼어든 것은 초조하게 대결을 지켜보고 있던 꼬맹이였다. 그는 사색이 된 얼굴로 티엘을 바라보면서 애걸복걸 매달렸다.

"제발 봐주세요! 제가 잘못했어요, 제발요!"

"이건 서로의 재주를 겨루는 신성한 대결이다. 네가 끼어들 자리가 아닌데?"

"잘못했어요! 그러니 용서해 주세요. 제발요, 으앙!"

바늘로 찔러도 피 하나 흘러나오지 않을 듯한 냉랭한 어조에 급기야 눈물을 흘리는 꼬맹이였다. 하지만 티엘은 전혀 개의치 않고 검을 들었다.

"그만! 제가 졌습니다!"

"그 뜻은?"

제이론은 더 이상 자신의 고집이 먹히지 않음을 깨달았다. 이대로 가다가는 슈마커 가문의 명맥이 끊일 것이고, 자신은 조상들에게 씻을 수 없는 죄를 저지르는 것과 같았다.

항복 선언을 들었지만 티엘은 여전히 단도를 들고 있었다. 그제야 두 눈을 똑바로 바라볼 수 있었는데, 제이론은 온몸에 소름이 돋는 것을 느끼며 부르르 떨었다.

'내가 잘못 판단했다.'

티엘 로운 백작.

허수아비 영주로 알려진 그는 소문처럼 무능한 인물이 아니었다. 오히려 자신의 능력을 베일에 숨기고 있는 영웅 중 영웅이었다.

이런 인물이 자신을 필요로 한다는 것은 영광스러운 일이다.

제이론은 그렇게 스스로 납득시키고자 했다.

"…충성을 바치겠습니다."

무릎을 꿇고 패배를 시인하며 충성 맹세를 하는 제이론.

그를 섬뜩하게 만들던 단도는 어느새 자취를 감추었다. 티엘은 한 걸음 앞으로 나아가 제이론의 고개를 들게 만들며 말했다.

"넌 군사부에 배치될 것이며, 이번 영지전을 승리로 이끌기 위해 너의 지혜를 빌릴 것이다."

"감사합니다."

"나를 따르는 이상 너의 능력은 제국 전역을 뒤덮을 것이다."

귀찮은 일 하나 대신해 줄 가신을 구한 티엘은 입꼬리를 말아 올렸다.

티엘은 그 길로 제이론을 데리고 영주 관저로 향했다. 그리고 그를 가신으로 삼은 뒤, 곧바로 신설된 군사부에 데려가 업무를 시작하도록 지시했다.

그곳에는 티엘에게 낚여 먼저 자리를 잡고 있는 토릭슨이 있었다. 그는 티엘과 함께 안으로 들어오는 제이론을 보며 저도 모르게 고개를 저었다.

"앞으로 군사부에 배속될 인물이다. 함께 영지전을 승리로 이끌 방안을 모색하도록."

그 말을 끝으로 티엘은 나 몰라라 군사부를 벗어났다.

무책임하기 그지없는 행동이었지만 두 사람 모두 그를 탓하지 않았다.

오히려 서로를 바라보며 알 수 없는 동질감을 느끼며 자기소개를 했다.

"제이론 슈마커입니다."

"…토릭슨 에조."

"토릭슨 군사님이라고 부르겠습니다. 토릭슨 군사님은 어떻게 이곳에 오게 되었습니까?"

군사를 꿈꾼 제이론은 상대의 심리를 파악하는 데 상당한 실력을 지녔다. 그가 본 토릭슨은 이곳에 오랫동안 근무한 인물 같지 않았다. 그렇다고 마음속에서 우러나오는 충성심도 느껴지지 않았기에 은연중 자신과 비슷하게 이곳에 배속되어 일을 하게 되었다는 생각이 들었다.

"말하자면 긴데, 들어줄 수 있소?"

"시간은 많습니다."

일을 하라고 하긴 했지만 어떠한 가이드라인도 주지 않은 티엘이었다. 자신의 의지보다 반강제적으로 이곳에 온 만큼 속에 쌓인 울화를 풀고 싶은 것이 제이론의 생각이었다.

"그러니까 말이오……"

토릭슨은 자신의 사정을 솔직하게 털어놓았다. 노이안 지방의 에조 가문 출신이며, 헤셀 백작가에게 멸망당하고 이곳으로 오게 된 것, 바보 흉내를 내면서 때를 기다리던 것까지. 그러다가 티엘을 만났고, 어처구니없는 연기 때문에 감옥에 갇혀 강제적으로 가신에 임명된 것까지.

그제야 영혼없이 자리에 앉아 있는 모습이 이해가 된 제이론이었다.

"하, 하하. 아, 미안합니다. 비웃으려는 의도는 아니었습니다."

"아니, 우스울 수밖에. 내가 생각해도 이렇게 가신에 임명된 경우는 없을 것이오."

"토릭슨 군사님의 사정도 기구하지만 나 또한 비슷합니다."

"…저 영주에게 끌려왔소?"

"아주 고약하게 끌려왔습니다."

쓴웃음을 지은 제이론은 다짜고짜 집에 쳐들어와서 가신이 되라던 티엘의 행동을 설명했다. 그러다가 재주를 겨루자는 내기에 찬성하고, 자신은 입으로, 티엘은 검으로 재주를 뽐냈다는 대목에서 토릭슨은 할 말을 잃고 말았다.

뒤에 이어진 절정은 옷을 다 베어버리고 속옷만 남겨준 채 의도적으로 검격의 힘 배분을 흩어놓았다는 점이다. 속옷을 한 번 보고 검을 한 번 보며 힘 컨트롤이 제대로 되지 않는다는 말은 그야말로 공포 그 자체였다.

"그런 무식한 방법을 쓰다니……."

"만약 가신이 되지 않았다면 슈마커의 가문은 대가 끊겼을 것입니다."

동생이 있지만 그 아이는 친동생이 아닌 방계의 아이. 결국 제이론은 가문의 적통을 잇고자 티엘에게 투항한 것이라 볼 수 있었다.

"그대의 사정도 딱하군."

"토릭슨 군사님의 사정도 마찬가지입니다."

"이렇게 오게 되었으니 어쩔 수 없는 일. 군사부에서 함께 일을 하게 되었으니 잘해보자는 의미에서 한잔이라도 하는 게 어떻소?"

"술을 좋아하는 편은 아니지만… 오늘은 한잔해야 할 것 같습니다."

비슷한 상황에 같은 기구한 처지까지.

서로의 고통을 이해하고 남다른 군사적 식견을 가진 둘은 술을 마시면서 각자의 고충을 들어주니, 나중에는 둘도 없는 죽마고우가 되었다.

제이론을 데려온 공로로 스스로에게 휴식을 부여한 티엘은 두 명의 군사가 하루 만에 친해졌다는 사실에 미소를 지었다.

"흠, 잘됐군."

"헉! 헉! 헉! 이대로 죽을지도 몰라."

거칠게 숨을 몰아쉬던 그윈은 검으로 몸을 지탱하면서 간신히 버티고 섰다. 하지만 당장에라도 쓰러질 것처럼 휘청거리고 있었다.

"대체 왜 이러냐고."

은빛 기사단 평기사 그윈.

그는 장래가 촉망되는 유망주로, 렉스터 남작의 기대를 한 몸에 받는 인물이었다.

탄탄대로를 걷던 그윈의 운명이 어그러지기 시작한 것은 정례회의 전으로 흘러간다.

의문의 복면인을 만나 처참하게 패하는가 싶더니, 그의 공격을 피하기 위해 발군의 회피 능력을 얻게 되었다. 거기에 그치지 않고 정례회의 숙청 이후 티엘의 숨겨진 실력을 파악했지만 그 대가로 보이지 않는 쾌검을 익혔다는 얼토당토않은 소문의 주인공이 되었다.

그때부터 이어지는 대련의 나날.

이 지역 저 지역에서 이름을 날린 검호들이 하루가 멀다 하고 그윈에게 도전해 왔다.

렉스터 남작에게 쇄도하던 도전은 사라진 지 오래였다. 지방을 넘어 국가적인 명성을 떨치는 그보다 이제 갓 이름을 떨친 그윈이 만만한 것은 두말할 필요가 없었다.

그윈은 뛰어난 유망주답게 삼십여 번 가까이 이어진 대련에서 모두 승리를 거두었다. 하지만 그는 몸도 마음도 망신창이가 되어 있었다.

"더 이상은 안 돼."

처절한 일상에서 탈출하기 위한 몸부림.

그윈은 그 방법으로 전쟁 참전이라는 방법을 선택했다.

은빛 기사단에서도 몇 명 차출하기에 그윈의 지원은 속전속결로 이루어졌고, 얼마 전 승인이 되었다.

"이제 나흘이야. 나흘이라고!"

나흘만 버티면 전쟁 준비에 소집되어 더 이상 대련을 하지 않아도 된다.

오늘도 두 명의 도전자를 쓰러뜨린 그윈에게 나흘이라는 시간은 손꼽아 기다리는 기간이었다.

"그윈, 도전자가 나타났다. 뭉개 버리라고."

기사단 소속 기사가 나타나 한마디와 함께 사라졌다. 간신히 몸을 지탱하고 있던 그윈은 몸을 가늘게 떨더니 이내 불같은 분노를 표출했다.

"으아아! 그놈의 지역! 지역! 지역! 지역적인 명성을 지닌 검사들이 왜 이렇게 많은 거야."

두 눈이 뒤집힌 그윈은 검을 들고 도전자가 있는 곳으로 향했다.

그날, 추가로 도전해 온 세 명의 도전자를 처참하게 뭉개 버린 그윈은 처절한 포효를 터뜨렸다.

대결을 지켜보던 이들은 사납기 그지없는 그의 검격을 보 며 질린 표정과 안쓰러운 표정을 지었다.

그날 이후, 그에게 별명이 주어졌다.

광폭기사 그윈이라는 아주 치욕적인 별명이.

동병상련의 심정을 술로 덜어낸 토릭슨과 제이론은 상당 한 친분을 쌓아 격의 없는 사이로 발전할 수 있었다.

널찍한 군사부 건물에 달랑 두 명만 있는 그들은 심심함도 달랠 겸 서로의 식견을 꺼내들고는 했는데, 몇 마디 말뿐이었 지만 그것만으로 상대가 범상치 않은 실력을 지니고 있다는 걸 알아차릴 수 있었다.

"그럼 토릭슨 군사님은 앞으로의 정세가 어떻게 흘러갈 것 이라 생각하시는지?"

"간신들이 황제 폐하를 허수아비로 만들고 폭정을 일삼는 다고 하나 그들의 권세는 십 년이 넘어가지 않을 거라고 본 다. 이후에는 각 지방에 웅크리고 있는 맹주들이 본격적으 로 세력 확장을 시작하겠지. 각자 야망을 가지고 치열한 각 축전이 벌어질 것이며, 본격적인 난세에 접어들 것이라 생각한다."

"그렇습니까?"

"넌 어떻지?"

토릭슨은 스물한 살, 제이론은 스무 살이었기에 말을 놓는 그였다.

질문이 자신에게 향하자 제이론은 고민할 것도 없는 듯 자신의 생각을 털어놓았다.

"저는 앞으로 황제 폐하를 옹립하는 측에 따라 정세가 바뀌리라 생각합니다."

"황제 폐하를?"

"예, 비록 실권을 잃으셨다고 하나 여전히 그분이 황제 폐하라는 것은 부인할 수 없는 사실. 각지의 영주들은 황제 폐하의 신하이며, 이를 부인할 수 있는 이들은 없다고 봐야 합니다. 그러니 황제 폐하를 옹립하고 그분의 위엄을 빌려온다면 제국은 혼란에 빠지지 않고 안정기에 접어들 것이라 보고 있습니다."

"허울뿐인 황제 폐하다. 결국 역사에 우리는 횡포를 일삼은 간신이 되겠지."

"그에 맞는 선정을 펼치면 됩니다. 전 그것이 가장 이상적인 형태라고 생각합니다."

제이론은 현재 상황에서 가장 이상적인 방향을 제시했고,

토릭슨은 좀 더 직접적인 형태의 미래를 제시했다. 누가 옳고 누가 틀린 것이 아니기에 둘은 서로를 바라보며 고개를 끄덕였다.

"너의 식견은 대단하다만, 내가 지향하는 방향과는 조금 다르군."

"저도 그리 생각하고 있습니다."

왠지 모를 냉랭한 기운이 둘 사이에 자리 잡으려 할 때, 한 줄기 목소리가 방 안에 울려 퍼졌다.

"재미있는 의견들이군."

"…오셨습니까, 주… 군."

어느새 자리에 서 있는 티엘을 보며 토릭슨의 두 눈이 커졌다가 어렵게 말을 꺼내며 그를 맞이했다.

"주군을 뵙습니다."

그와 달리 태연자약하게 티엘을 맞이하는 제이론. 자신과 판이하게 다른 인사이기에 토릭슨의 눈살이 찌푸려졌다.

'속도 없는 놈!'

자신보다 더한 짓을 당하고도 저렇게 침착함을 유지하다니. 참 대단하다고 여기면서 티엘에게 시선을 옮겼다.

"앞으로 나아갈 방향에 대해 재미있는 의견은 잘 들었다."

"그렇습니까? 주군의 생각은 어떠신지?"

토릭슨과 제이론의 시선이 티엘에게 꽂혔다. 그가 어떤 생각을 하고 있느냐에 따라 앞으로 군사부를 주도적으로 움직일 이가 누구인지 정해지는 것이었다.

티엘은 가볍게 코웃음 쳤다.

"크게 착각하고 있군."

"예?"

"지금 중요한 건 각지의 반란군을 제압하는 것이다. 가장 중요한 일은 바로 그것이지. 그에 대해 계획을 수립했나?"

"……."

둘은 꿀 먹은 벙어리가 되었다.

"하나도 안 했나 보군."

혀를 차는 티엘. 질책이 담긴 시선이 토릭슨과 제이론이 고개를 숙였다.

"이러쿵저러쿵할 시간에 당장 벌어질 영지전에서 승리할 방법을 고안하도록."

따끔한 훈계는 아니지만 현실이 아닌 미래만 바라보는 그들의 가슴속에 깊숙이 박혀드는 말이었다.

더 말할 필요를 느끼지 못한 티엘은 몸을 돌리다가 무언가 생각이 난 듯 말했다.

"헤인조 지방이 안정되면 그때부터 누가 상급자인지 가려질 수도 있겠군."

둘의 눈에 불똥이 튀었다.

잠시 무너졌지만 하늘처럼 쌓여 있는 자존심을 지키기 위해서라도 최선을 다해야 할 판이었다.

"최선을 다하겠습니다!"

"반드시 해내겠습니다!"

"한번 믿어보지."

그 말을 끝으로 티엘은 방을 벗어났고, 둘의 시선이 허공에 부딪쳤다. 잠시나마 자리했던 적대감은 이미 온데간데없이 사라져 있었다.

"당분간은 힘을 합쳐야겠군."

"잘 부탁드리겠습니다."

서로의 차이를 인정하고 그것을 존중한다.

모르는 사이 그들은 벽을 깨고 한 발자국 나아가고 있었다.

미래의 천재 책사들이지만 그것은 어디까지나 현재가 아닌 미래일 뿐이었다. 방금 전처럼 자신이 지닌 재주에 자부심이 하늘을 찌르니, 종종 오늘처럼 찾아가서 다잡아줄 필요가 있었다.

"손이 많이 가는군."

혀를 찬 티엘은 아직 보는 시야가 넓지 못한 둘을 지휘할 수 있는 노련한 책사가 필요함을 느꼈다.

방으로 돌아온 그는 귀찮은 손님이 와 있는 걸 볼 수 있었다.

"오라버니."

"넌 할 일도 없냐."

"할 일도 없다니요. 제가 얼마나 바쁘게 움직이는지 아시면서."

"그리 바쁘게 움직일 필요는 없다."

"제가 좋아서 움직이는 거예요. 그나저나 전쟁에 참전하는 게 사실인가요?"

실비아가 그를 빤히 바라보며 물었다. 간절함이 잔뜩 담긴 눈빛은 남자의 마음을 뒤흔들기 충분했지만 이미 그녀의 속 안에 여우 몇 마리가 꼬리를 살랑살랑 흔들고 있음을 그는 모르지 않았다.

"네가 듣기에는 거짓말 같았나?"

"정말이었군요. 하지만 전쟁은 정말 위험한 것이라 들었어요. 행여나 오라버니가 잘못되면 가문은 어떻게 하라고요."

"절대 잘못될 리 없다."

"어머니가 곧 가문에 돌아오시는데도요?"

"…그래?"

전혀 예상치 못한 말에 티엘은 멈칫했다. 어머니라는 단어가 가슴을 묘하게 울렸다. 처음 보는 그의 반응에 실비아는 미소를 지었다.

"네! 얼마나 오랜만에 뵙는 어머니예요. 어머니를 위해서라도 전쟁은 다른 분에게 맡기고 오라버니는 가문에 계시면 안 될까요?"

"음! 어머니의 가문 복귀라……."

여러 가지 생각을 하게 만드는 말이었다.

하지만 한 가지만큼은 분명했다.

어머니의 복귀도 자신의 참전은 말릴 수 없다.

실비아가 더 말을 이어나가려던 것을 제지한 그는 자신의 페이스로 되돌리고자 그녀의 정곡을 찔렀다.

"그나저나, 신랑감은 정해봤나?"

"몰라요! 남자들은 전부 늑대에다가 바람둥이인 것 같아요. 이래서는 결혼을 할 수 있으려나 몰라. 그냥 가문에 콱 눌러앉아서 내부 총괄이나 할까?"

티엘에게 있어 이보다 더 최악의 말은 없었다.

다행인 것은 이미 그럴 것 같은 예감을 받았기에 준비해 온 것이 있다는 점이다.

그는 집무실 한쪽에 쌓여 있던 서류 뭉치를 그녀에게 건넸다. 그 양은 상당하여 성인 남자가 여러 번 들고 다녀야 할 정도였다.

"이게 뭐죠?"

"네가 볼 맞선남들이다."

"……."

"네 취향을 몰라 다양하게 준비해 봤다. 제국 가문의 자제들부터 시작해서 인근 왕국의 왕자와 자제들도 넣었지. 혹시 특이 취향일 것을 감안하여 현재 부인을 잃고 혼자 살고 있는 중년 귀족들도 넣어봤다."

그야말로 철두철미한 준비가 아닐 수 없었다. 실비아는 그 서류들을 보면서 몸을 바르르 떨었다.

감격해서 그런 걸까?

그것은 아니었다. 잠깐의 순간, 그녀의 표정이 급격하게 일그러지더니, 이내 활화산 같은 분노가 티엘에게 뿜어지기 시작했다.

"오라버니! 절 그렇게 시집보내고 싶은 건가요?"

"그럴 리가. 나야 네가 내부 총괄을 맡아주니 언제나 고마운 마음뿐이다."

"저, 정말요?"

"하지만 어머니도 가문에 돌아오시니 네가 멋진 남자와 결혼하여 행복하게 사는 모습을 보여주어야 하지 않겠느냐? 난 네가 행복하고, 가문에 도움이 되는 방향으로 생각한 것이다. 기분이 나빴다면 미안하다."

길게 이어지는 티엘의 말에 어느덧 분노는 눈처럼 사르르 녹아 있었다. 그 자리를 대신하여 감격에 겨운 그녀의 눈동자만 남아 있을 뿐이었다.

"오, 오라버니. 제가 오라버니의 깊은 뜻도 모르고… 정말 죄송해요."

"미안할 것 없다. 난 네가 행복하길 바라니까."

"정말 고마워요."

눈가에 살짝 맺힌 눈물을 훔치면서 실비아는 순한 양이 되어 있었다.

둘은 서로를 바라보며 입가에 미소를 지었다.

누가 봐도 훈훈한 남매의 모습이었다.

방으로 돌아온 실비아는 티엘이 준비해 온 서류를 하나하나 훑어보았다. 그 안에는 출신 가문의 대략적인 내용과 맞선을 볼 남자의 살아온 삶이 서술되어 있었다.

성격은 어떻고 앞으로 나아갈 목표가 무엇인지 상세하게 적혀 있었는데, 그것을 하나하나 살펴보는 실비아의 눈에 불이 뿜어질 듯했다.

"흥! 내가 완전히 넘어갔다고 하면 오산이야."

방금 전과 판이하게 다른 태도.

티엘의 준비에 감격한 모습을 보였지만 그것은 그를 안심시키기 위한 악어의 눈물에 지나지 않았다.

"내가 귀찮으니까 빨리 보내려는 것 봐. 다 가문과 오라버니를 위한 것인 줄도 모르고, 참 나빴어."

그는 말을 하면서 한 가지 실수를 범했다.

바로 더 어린 여동생을 결혼시키려고 하며 그럴 듯한 말을 했는데, 정작 자신은 혼인을 하지 않은 상태였던 것이다.

"기다려, 내가 조만간 오라버니가 맞선 볼 상대를 뽑아줄 테니."

만년필을 들고 서류를 볼 때마다 동그랗게 표시를 하는 실비아.

그곳에는 맞선남들의 가족사항에 누나 혹은 여동생이 있는 이들이 표시되어 있었다.

영지전 준비는 일사천리로 완료되었다. 세 달의 준비 기간 끝에 끌어모은 군사는 오천 명. 영지 경계를 지키고, 수군과 해군의 숫자를 제외하고 모든 전력을 총동원한 것이다.

강도 높은 수련을 모두 소화한 병사들의 사기는 높았다. 이번 전쟁을 통해 헤인조 지방에 암약하던 가신들을 모조리 정리하겠다는 의지가 그들에게서 넘쳐흐르고 있었다.

"은빛 기사단에서 동원된 숫자는?"

"총 오십 명입니다. 단장 렉스터 남작 이하 오십 명, 출전 준비가 완료되었음을 보고드리는 바입니다."

갑옷을 차려입은 렉스터 남작이 위풍당당하게 외쳤고, 은

빛 기사단 기사들이 절도있는 동작으로 예를 취하며 티엘을
맞이했다.

출정식을 앞둔 티엘은 단상 위로 올라가 주변을 둘러보았
다.

오십 명의 기사와 오천 명의 병사, 그리고 전쟁 기간 동안
공급될 수많은 보급품까지.

젊은 시절로 돌아온 뒤, 역사를 바꾸는 새로운 일보의 시작
이었다.

철그럭. 철그럭.

티엘이 움직일 때마다 허리춤에 걸린 명검 세 자루가 요란
한 소리를 울렸다.

병사들이 그를 바라보는 눈길은 뜨겁기 그지없었다. 어떤
것은 열망이, 어떤 것은 원망이, 어떤 것은 기대감이 섞여 그
에게 전해졌다.

"이제부터 너희, 그리고 너희 가족을 괴롭힌 간신들을 토
벌할 것이다."

그는 거창하게 나의 병사들이거니, 제국의 안정을 수호하
겠다는 말 따위는 하지 않았다. 그들이 가장 공감할 수 있고
간단명료한 말을 했다.

"복잡하게 생각할 필요없다. 너희는 너희를 괴롭힌 간신들
에게 어설픈 폭정이 어떤 결과를 가져오는지 똑똑히 보여주

면 된다. 자신있는가."

나직하지만 신기하게도 그의 말은 정확하게 귓속을 파고 들었다. 그제야 병사들은 허수아비에 무능하다고 알려진 자신들의 영주가 소문과 다르다는 것을 알 수 있었다.

제아무리 강군이라도 지휘부가 무능하면 전쟁에서 승리할 수 없다.

하지만 이 모든 것이 기만책이었다면 티엘은 적을 속이기 위해 아군까지 속이는 위대한 책략가라는 의미가 된다.

쿵!

발을 구른 것은 렉스터 남작이었다. 마나가 담긴 발 구름은 거대한 진동을 동반하며 주변에 퍼져 나갔다. 그는 검을 뽑아 들며 티엘의 말에 자신과 은빛 기사단의 각오를 알렸다.

"은빛 기사단은 주군과 가문을 수호하기 위해 목숨을 바쳐 영광을 이뤄내겠습니다."

쿵! 쿵! 쿵!

"주군을 위하여!"

기사들이 외쳤고,

"주군을 위하여!"

병사들이 따라 외쳤다.

어느새 그들은 하나가 되어 발을 구르면서 전의를 다지고 사기를 고조시켰다.

와아아아!

주변을 쩌렁쩌렁 울리는 거대한 함성 소리.

그 어떠한 적이 와도 물러서지 않고 맞서 싸울 굳은 결의가 병사들에게 생겨났다.

"출전한다."

입가에 미소를 지은 티엘의 말과 함께 오천의 군대가 반란 토벌을 위해 일보를 내딛었다.

제7장
속전속결

오천 군대의 무력은 렉스터 남작을 비롯한 은빛 기사단이 맡았다면, 그들을 활용하고 위력을 극대화하는 머리는 토릭슨과 제이론이 맡았다.

티엘의 방문 이후, 그들은 영지전의 승리를 위해 모든 신경을 집중했다. 둘은 날마다 토론을 하였고, 더 나은 방안을 찾아내기 위해 고심했다. 하지만 둘의 전략 전술 구사는 마치 물과 기름 같아서 하나로 합쳐질 수 없는 간극이 존재하고 있었다.

"너의 말대로 우리는 키뱅스 자작가를 공격할 것이다."

키뱅스 자작가의 영지는 헤인조 지방 동부에 위치해 있으며, 수로와 해로를 끼고 있는 교통의 요충지다. 이곳을 점령한다면 두 교역로를 손에 넣는 것은 물론, 노이안 지방으로 향하는 길을 얻을 수 있게 된다.

"키뱅스 자작령을 함락시키고 요새화한다면 향후 제국의 수로는 본가에서 지니게 됩니다. 더불어 아돌프 자작령의 식량 보급을 차단할 수 있는 한 수가 되지요."

"점령할 복안은?"

티엘의 물음에 제이론이 말을 받았다.

"현재 키뱅스 자작가는 노이안 지방의 헤셀 백작가에 원조를 요청한 상황입니다. 직접적으로 지원하지 못했지만 상당량의 보급품이 키뱅스 자작가에 전해진 것으로 알려졌습니다."

"객관적인 전력은 엇비슷하다. 그것을 승리로 이끄는 것은 책사의 몫이지. 자신있나?"

그는 토릭슨과 제이론의 잠재성을 믿었지만 아직 젊은 지금, 그 능력이 완전히 개화되었다는 점에 대해서는 의구심을 가지고 있었다. 그래서 그들의 발전 욕구를 자극하고자 종종 도발 섞인 말을 하곤 했다.

"믿고 맡겨주십시오."

"큰 피해 없이 키뱅스 자작가를 바치겠습니다."

둘의 입가에 자신만만한 미소가 맺혔다.

키뱅스 자작령으로 향하는 길은 순탄했다.

가주였던 키뱅스 자작이 목숨을 잃은 그들은 곧바로 영지 전이 선포되자 우왕좌왕하면서 모든 전력을 가문의 영지 안으로 집중시켰다.

그렇게 끌어모은 숫자가 무려 오천. 여기에 언제든지 징집이 가능한 농노병들을 감안하면 그 숫자는 두 배로 급등하게 된다.

일차적으로 그들과 조우하게 된 것은 키뱅스 자작령에 막 진입했을 때였다.

가주인 키뱅스 자작을 대신하여 임시 자작이 된 조던 키뱅스는 형제들 중 가장 무위가 뛰어난 제임스 키뱅스에게 일천의 기병을 맡기고 기습 공격을 하게 했다.

뛰어난 기마술을 지니고, 동시에 헤인조 지방에 이름을 날린 제임스 키뱅스는 보병으로 이루어진 티엘의 군대를 단숨에 무너뜨릴 계획을 세웠다.

야밤에 갑작스럽게 이루어진 기습 공격은 단숨에 호위망을 벗겨내며 티엘이 거주하고 있는 중앙 본부로 파고들었다.

"끄아악!"

"으윽!"

"크하하하! 무능하고 탐욕스러운 티엘 로운 백작은 모습을 드러내라!"

제임스의 검이 번뜩일 때마다 병사가 피를 뿜어내며 목숨을 잃었다. 그 위압적인 모습을 본 병사들은 뿔뿔이 흩어졌으며, 제임스는 얼마 지나지 않아 은빛 기사단의 호위를 받고 모습을 드러낸 티엘을 볼 수 있었다.

"티엘 로운!"

"나부터 상대해야 할 것이다!"

렉스터 남작이 앞을 가로막으면서 두 눈을 부릅떴다. 제임스는 입꼬리를 말아 올리면서 주변을 쩌렁쩌렁 울리는 웃음을 터뜨렸다.

"크하하! 오랜만이구나, 렉스터 남작. 오냐, 네놈과는 풀어야 할 악연이 있었지."

그와 렉스터 남작은 한때 같은 꿈을 가지고 검을 수련하던 사이였다. 하지만 세월은 두 사람을 갈라놓았고, 동기에서 검을 겨눌 수밖에 없는 사이가 되고 말았다.

"거기까지다, 제임스. 지금이라도 항복한다면 포로로 대우할 것을 약속하겠다."

"세상 사람들을 모두 속이고 있지만 나는 속일 수 없을 것이다! 네놈이 보이지 않는 쾌검? 흐흐, 웃기는 소리를 하고 있군."

코웃음을 친 제임스는 날카로운 눈으로 렉스터 남작을 바라보았다.

그만 꺾는다면 티엘 로운을 사로잡는 것은 일도 아니다. 그러니 가장 먼저 귀찮은 렉스터 남작을 처리해야 했다.

"중검인 네가 쾌검을? 그것이 얼마나 잘못된 선택이었는지 알게 해주마."

"오라!"

렉스터 남작은 검을 들어 제임스를 견제했다. 그것은 예전에 보인 자세와 판이하게 달라 그의 비웃음이 더욱 커지게 만들었다.

"정신을 차리게 만들어주마!"

어느새 말에서 내린 제임스의 신형이 눈부시게 빠른 속도로 쇄도했다.

쐐액!

대기를 가르고 쏟아지는 제임스의 검.

표정을 굳힌 렉스터 남작도 검을 휘둘렀다.

찰나의 순간 교차하는 두 개의 빛.

하지만 검을 교환한 두 사람의 표정은 판이하게 달라졌다.

"이, 이, 이게……."

"날 얕본 너의 패배다."

제임스는 자신의 심장에 틀어박힌 검을 바라보았다. 그것은 틀림없는 렉스터 남작의 검이다. 사정권에 들어오는 순간, 보이지 않는 쾌검으로 단숨에 심장을 꿰뚫은 것이다.

"마, 말도 안 돼. 내가 먼저 휘둘렀는데……."

말을 끝맺지 못한 제임스는 그대로 숨이 끊어지고 말았다.

목숨을 잃은 그를 보며 렉스터 남작은 씁쓸한 웃음을 지었다.

"결국 이렇게 되어버렸군."

얼마 전이었다.

영지전 준비가 완료되기 전, 렉스터 남작은 은밀히 티엘에게 불려갔다.

매일같이 수련에 매진하는 자신과 달리 그는 유유자적한 모습으로 연무장에 서 있었다. 하지만 그의 움직임으로 짧은 시간 영지에 얼마나 많은 변화가 있었는지 지켜본 렉스터 남작은 어떠한 불만도 제기하지 않았다.

"고생이 많군."

"모든 것이 가문을 위한 것입니다."

"남작의 노고는 알고 있다. 그동안 일이 많아 남작을 신경 쓰지 못했다. 오늘, 남작에게 보이지 않는 쾌검을 전수하려고 한다."

"보이지 않는 쾌검? 하지만 저는 중검을 익혀 쾌검을 쓸 수 없습니다."

"그것은 편견이다. 남작은 내가 어떤 종류의 검을 익혔다고 생각하지?"

"그건……."

정례 회의에서 직접 신위를 발현하였지만 렉스터 남작은 아직까지 티엘이 어느 정도의 실력을 지니고 있는지 짐작조차 하지 못하고 있었다.

가장 심증이 있는 것은 쾌검이었다. 하지만 티엘이 이렇게 말하는 것으로 보아 그것이 아님을 직감적으로 느끼고 있었다.

"한번 겪어보는 것이 좋겠지."

쏴아아아!

자신에게 엄습하는 살기를 느끼는 순간, 렉스터 남작은 반사적으로 검을 뽑아 들었다.

그때, 티엘의 손에 빛이 뿜어지더니 그대로 쇄도했다.

"헉!"

깜짝 놀란 그가 바로 대응하려고 했지만 이미 검은 목에 도달해 있었다. 마지막 순간 멈추지 않았다면 그대로 목이 잘려 나갈 상황이었다.

"이것이 사람들이 부르는 보이지 않는 쾌검이다."

"이, 이런 것이었다니."

"단순히 빠르다고 쾌검이 아니다. 짧은 순간 상대의 빈틈을 파고드는 변화와 그들을 속일 수 있는 환영이 존재해야 하지. 그리고 적을 단숨에 꿰뚫는 힘이 담겨져 있어야 한다."

"그 말씀은 모든 속성이 깃들어 있다는 것입니까?"

경악에 찬 음성이었다. 그리고 그 일면에는 강렬한 불신이 깃들어 있었다. 여태까지 검을 익힌 상식과 완전히 궤를 달리했던 것이다.

"겪어보도록."

티엘의 검이 움직이기 시작했다.

어떨 때는 섬전처럼 빠른 속도로, 어떨 때는 수백 수천 개의 변화를 일으키고, 어떨 때는 환영이 일어나면서 정신을 혼란스럽게 만들었다.

마지막 순간 검 끝이 묵직해지면서 충격이 내부로 파고들 때, 렉스터 남작은 더 견디지 못하고 무너져 버렸다.

"커억!"

"이것이 검이다."

"저, 정말……."

짧은 시간 발전했다고 자부하던 자신이 부끄러워지는 순간이었다.

티엘은 아랑곳하지 않고 자신의 말을 이어나갔다.

"중검을 익힌 남작이라면 보이지 않는 쾌검을 일부분 흉내

낼 수 있다. 그것은 의문을 품는 애송이들을 제거하기에 적합
하지."

그리고 보이지 않는 쾌검을 구사하는 방법에 대해 설명했
다. 검의 예기와 중검의 묵직함으로 구사할 수 있는 보이지
않는 쾌검이 렉스터 남작의 비기로 적용되는 순간이었다.

상념을 접어둔 렉스터 남작은 주변을 둘러보았다. 거침없
이 적진을 파고들던 기병들은 단칼에 쓰러진 제임스를 보며
당혹스러운 기색을 감추지 못했다.

"모두 공격하라!"

마나가 실린 그의 외침이 사방에 울려 퍼졌다. 그러자 속수
무책으로 물러나던 병사들이 겹겹이 포위망을 구성한 채 모
습을 드러내기 시작했다.

기병들은 자신들이 함정에 빠진 사실을 깨닫고 당황하기
시작했다.

"하, 함정?"

"말도 안 돼!"

하지만 눈앞에 드러난 것은 명백한 사실이었다. 그들은 그
제야 자신들이 왜 이렇게 손쉽게 적진의 심장부까지 파고들
수 있었는지 알 수 있었다.

짧은 순간 수만 가지 생각이 머릿속을 스치고 지나갔다. 그

것들은 아무리 방향을 틀어보려고 해도 한 가지 결과로 도출되었다. 여기에서 반항을 하더라도 결국 무의미한 개죽음일 뿐이었다.

"…항복하겠습니다."

"항복하겠소."

기병들은 하나둘씩 말에서 내리며 항복하기 시작했다. 몇몇 병사는 거세게 저항했지만 흘러가는 대세는 바꿀 수 없었다.

렉스터 남작은 그들의 항복을 받아들였다.

"모두 무장 해제하고 포로병으로 대우하도록."

키뱅스 자작가가 천 명의 기병을 잃는 순간이었다.

"쓸 만하군."

제임스를 단번에 쓰러뜨린 렉스터 남작의 무위에 티엘은 고개를 끄덕였다. 그리고 오늘 작전 성공을 놓고 토릭슨과 제이론을 치하했다.

"그럭저럭 먹혀들었다."

적의 주요 전력인 천 명의 기병을 큰 피해 없이 사로잡아놓고 하기에는 너무 무료한 칭찬이었다.

토릭슨은 그에 아랑곳하지 않고 미소를 지어 보였다.

"이제 시작일 뿐입니다. 천의 기병을 잃은 키뱅스 자작가는 당황할 것이고, 함부로 모습을 드러내기보다 수성에 힘을 쓸 것입니다. 그때가 되면 제 계략이 빛을 발하게 됩니다."

"소규모 전투의 성과로 만족하기는 이릅니다. 좀 더 강하게 압박하셔야 합니다."

오늘 전략은 두 사람의 기지가 빛을 발하여 만들어진 것이다.

제이론은 키뱅스 자작가의 기병 천이 움직였다는 정보를 듣자마자 야습할 것을 경고했다. 그리고 진영을 구축하여 적들이 손쉽게 지휘부로 올 수 있도록 유도했다.

토릭슨은 저들의 습성을 이용하여 단숨에 전멸시킬 계획을 수립했다. 렉스터 남작이 제임스를 꺾고, 제이론의 진영 구축을 활용하여 적의 전의를 꺾고 항복을 유도한다는 전략이었다.

두 사람의 장점이 적절히 조화되어 천 명의 기병을 큰 피해 없이 사로잡을 수 있었다.

첫 전공이지만 그 크기는 무시할 수 없는 것이었다. 기대감에 반짝이는 눈으로 자신을 바라보니, 티엘이 가볍게 한마디 내뱉었다.

"이제야 그동안 먹은 값을 하는군."

"큭!"

"하하!"

여전한 그의 언어 구사에 토릭슨은 표정을 일그러뜨리고, 제이론은 웃음을 터뜨렸다.

한편, 제임스가 이끄는 기병이 모조리 사로잡혔다는 소식에 키뱅스 자작가는 발칵 뒤집히고 말았다.

"뭐라고? 모두 사로잡혀?"

"예! 제임스 경은 목숨을 잃고 기병은 모두 사로잡혔다고 합니다."

임시 자작을 맡은 조던 키뱅스의 표정이 흉악하게 일그러졌다. 치밀어 오르는 분노로 주먹을 움켜쥔 그가 정보원에게 외쳤다.

"이, 이익! 됐다, 보고는 되었으니, 당장 나가!"

"예!"

행여 자신에게 불똥이 튈까 두려워하던 정보원은 황급히 자리를 벗어났고, 홀로 남은 조던은 분노를 참지 못하고 손에 잡히는 것을 닥치는 대로 집어 던졌다.

와장창!

"으아아아! 제임스 이 개자식이 가문을 몰락의 구렁텅이로 밀어넣는구나!"

제임스는 키뱅스 자작가의 가장 뛰어난 기사였고, 호전적인 성격으로 전투를 좋아하는 인물이었다. 그 위명이 헤인조 지방에 널리 알려질 정도여서 선봉 부대로 활용한 조던이었지만 결과는 최악이었다.

한동안 집무실에서 혼자 난리를 피우던 조던은 간신히 분노를 가라앉혔다.

"후우! 후욱! 가뜩이나 상황이 좋지 않은데 이런 상황이라니."

키뱅스 자작은 네 명의 아들을 두었고, 그들은 하나같이 뛰어난 인재로 자라났다.

그중 가장 두각을 드러낸 것은 제임스였지만 그는 영주의 자리에 관심이 없었다.

하지만 나머지 셋은 달랐다. 그들은 모두 가문의 가주에 관심을 가지고 있었다.

장남인 조던은 당연히 자신이 뒤를 이으리라 생각했지만 다른 이들의 생각은 달랐던 것이다.

그러던 중 최악의 상황이 발생했다.

키뱅스 자작이 갑작스럽게 죽은 것이다.

그동안 훌륭하게 가문을 이끌어온 그였지만 결정적인 문제가 있었으니 바로 후계를 정하지 않고 죽어버린 것이다.

티엘 로운 백작의 폭정에 당연히 가문이 난리가 났고, 토벌을 선언하면서 대항해야 한다는 의견이 모이게 되었다.

그렇게 전력을 끌어모았지만 문제가 발생했으니 바로 죽

은 키뱅스 자작의 뒤를 누가 잇느냐였다.

장남인 조던이 가장 유리한 고지를 선점했지만 다른 두 동생이 거세게 반발했다.

로운 백작가의 토벌군이 준비를 갖추고 있다는 사실에 힘을 합치고, 임시로 조던지 자작위를 이어받았지만 여전히 내부적인 잡음은 끊이지 않고 있었다.

"후우! 멍청한 제임스 녀석, 멍청해도 그 녀석이 있으면 자리를 확실하게 할 수 있었을 텐데."

조던이 임시나마 자작이 된 것도 일찌감치 제임스를 포섭했기에 가능한 일이었다.

하지만 이제 그가 죽은 이상 상황은 알 수 없게 되었다.

조던의 두 눈에 불길이 치솟았다.

제임스의 기습 공격을 어렵지 않게 막아낸 토벌군은 느릿하게 진군을 해나갔다.

그들은 굳이 서두르지 않고 천천히 키뱅스 자작령의 변경을 점령해 나갔다. 전투에 패하면 모조리 잃을 영토였지만 후방 안정을 위해 반드시 필요한 작업이라는 것이 제이론의 주장이었다.

토릭슨도 그에 대해 찬성하는 입장이었다. 후방이 튼튼해야 수월하게 전쟁을 치를 수 있다는 것은 기본 상식 중 하나였다.

하지만 그 이면에는 누구도 알지 못하는 계획이 도사리고 있었다.

그것을 알고 있는 것은 계획을 수립한 책사들뿐이었다.

토벌군은 키뱅스 자작가가 농성하고 있는 중심 도시에 도착했다. 하지만 그들은 일정 거리를 두고 주둔했는데, 별다른 공격 의사를 보이지 않고 조용히 자리를 지키고 있었다.

처음에는 코앞에 닥친 위기로 인해 똘똘 뭉친 키뱅스 자작가였지만 그 기간이 보름이 지나고, 한 달이 되자 서서히 풀어지기 시작했다.

그동안 토벌군은 단 한 차례도 공격할 기미를 보이지 않았던 것이다.

그것은 키뱅스 자작가의 내부 잡음을 만들어냈다.

"이대로 있으면 안 됩니다. 우리가 나서서 공격해야 합니다!"

키뱅스 자작의 셋째 아들인 로먼은 가신들을 보며 강력하게 공격을 주장했다. 그러면서 조던을 바라보자, 그는 고개를 저었다.

"불가하다."

"형님은 대체 무슨 생각을 하고 있는 것이오?"

"뭐라고?"

"이대로 시간을 끈다고 상황이 모두 해결된다고 생각하는 거요? 저들을 물리쳐야 우리가 헤셀 백작가 휘하에 들어가든지 할 것 아니오? 이대로 두면 우리만 손해를 보게 될 것이오."

교통의 요충지인 키뱅스 자작가는 노이안 지방으로 통하는 길이기도 하지만 반대로 노이안 지방에서 헤인조 지방으로 통하는 관문이기도 했다. 헤셀 백작가는 키뱅스 자작가의 위기를 이용하여 노골적으로 휘하에 들어오라는 제안을 한 상태였다.

하지만 그것도 토벌군을 물리쳤을 때나 가능한 일이다. 헤셀 백작가는 당장 로운 백작가와 충돌하는 것을 원하지 않았다. 결국 자신들이 저들을 물리쳐야만 일이 해결된다는 뜻이었다.

조던도 그 사실을 알고 있었지만 정면대결은 키뱅스 자작의 세를 크게 깎아먹는 행위였다. 그러면 결국 헤셀 백작가에 복속될 뿐이었다.

"그것이 저들이 노리는 바라는 걸 모르는 거냐!"

"전체적인 숫자는 오히려 우위요. 형님은 그것을 모른단 말이오?"

"뭐라? 네놈이 지금!"

"내가 틀린 말이라도 했단 말이오?"

조던과 로먼의 대립이 격하게 바뀌자, 지켜보던 가신들은 눈치를 살피면서 누구에게 붙어야 할지 혼란스러워하는 모습을 보였다.

제임스라는 걸출한 지지자가 사라진 조던은 더 이상 임시 자작으로서 막강한 힘을 발휘할 수 없었다. 내부적인 입김은 로먼이 더 강한 실정이고, 외교적인 실리는 넷째인 레빈이 더 강했다.

조던이 군사를 움켜쥐고 있지 않았다면 당장 내분이 벌어져도 이상하지 않을 상황이었다.

"레빈! 네 생각을 말해라."

"이대로 희망이 없는 것은 사실입니다."

"그래서?"

"로먼 형님이 반발하는 것은 형님이 납득할 만한 방안을 제시하지 않았기 때문입니다. 앞으로 나아갈 방향에 대해 우리에게 믿음을 심어주십시오. 그럼 가문은 형님의 뜻대로 움직일 것입니다."

신중한 성격인 그는 지금 상황에 더 격화되어 가문이 쪼개지면 이도저도 아니라는 걸 알고 있었다. 그래서 조던에게 힘을 실어주었다.

"레빈 네놈이!"

그것을 모르지 않는 로먼이 자리에서 일어나 레빈을 노려 보며 씩씩거렸다. 하지만 그는 본 척도 하지 않고 조용히 조 던의 말을 기다리고 있을 뿐이었다.

생각에 잠겨 있던 조던은 자신이 생각한 바를 언급했다.

"아돌프 자작가를 움직일 것이다."

"예? 아돌프 자작가를?"

"순번이 밀렸을 뿐이지, 그들도 우리와 비슷한 처지다. 이 런 상황에서 힘을 합쳐 폭군을 몰아내는 것은 이상한 일이 아 니지."

"하지만 당장 급한 것은 우리입니다."

"알고 있다. 하여 우리는 그들에게 해로의 이권을 넘길 것 이다."

그의 말을 들은 로먼이 자리에서 벌떡 일어났다. 분노에 물 든 얼굴로 조던을 쳐다보면서 사납게 말을 내뱉었다.

"말도 안 돼! 정녕 가문을 몰락의 구렁텅이로 몰아넣을 작 정이오?"

"아니, 진심이다."

"이익!"

단호한 그의 말에 로먼이 말을 하려고 했지만 먼저 나선 것 은 레빈이었다.

"좀 더 듣고 싶습니다."

"토벌군을 물리친다고 해도 우리의 피해가 적지 않을 것이다. 당분간 여력을 동원할 수 없게 되겠지. 그러니 해군의 여력을 수군으로 돌릴 것이다. 그러면 헤셀 백작가도 함부로 우리를 종속시키지 못하겠지. 물론 이것이 끝이 아니다. 전쟁이 끝난다고 하더라도 아돌프 자작가의 해군은 형편없지. 그들이 이득을 보기 위해 무역을 하겠지만 수군 전력이 온전한 우리라면?"

"괜찮은 생각입니다."

국면을 넓게 바라보는 조던의 발상은 충분히 현실로 이루어질 가능성이 있었다. 레빈의 동조에 조던은 입가에 진한 미소를 지었다.

"아돌프 자작가에 많은 것을 바라지는 않는다. 그들이 모은 군사로 로운 백작령을 공략할 모양새만 취한다면 크게 흔들릴 터. 이후에는 우리가 직접 저들의 뒤를 공략하여 무너뜨린다."

분위기는 완전히 조던에게 넘어와 있었다. 그를 실각시키고 자작위에 오를 생각이었던 로먼은 이를 갈았지만 분위기가 자신의 편이 아니라는 것만큼은 정확하게 파악하고 있었다.

"이견이 있나, 로먼?"

"…없소."

더 이상 지켜보기 싫었던 로먼은 요란하게 일어난 뒤 자리를 벗어났다. 무례하기 그지없는 행동이었지만 장내의 누구도 그를 탓하지 않았다.

'네 자리는 없을 것이다.'

멋대로 나간 로먼의 뒷모습을 쫓으며 조던의 입가에 진한 미소가 걸렸다.

으아아아!

와장창!

방으로 돌아온 로먼은 손에 잡히는 것을 집어 던지며 괴성을 질렀다.

한참 동안 분을 이기지 못하고 씩씩거리던 그의 귀로 조심스러운 부하의 음성이 들려왔다.

"주군."

"들어와라."

허락이 떨어지기 무섭게 기사 한 명이 모습을 드러냈다. 그는 주변을 살피더니 그러자 로먼은 놀란 기색이 역력한 표정으로 되물었다.

"헤셀 백작가에서?"

"예, 만나시겠습니까?"

"…만난다."

평소라면 만나지 않을 헤셀 백작가의 방문이었다. 하지만 조던과 레빈의 합작으로 입지가 좁아진 로먼은 지금 상황을 타개할 수 있는 돌파구가 필요했다.

그의 허락이 떨어지자 밖에서 이십대 초반의 젊은 남자가 안으로 들어와 인사를 건넸다.

"헤셀 백작가의 크림 준남작입니다."

"크림 준남작이라면 그 유명한 책사의?"

맹렬한 기세로 노이안 지방을 장악해 나가고 있는 헤셀 백작가의 뒷배경에는 뛰어난 인재들의 조력 덕분인데, 크림 준남작은 그중에서도 젊은 기재임과 동시에 뛰어난 전략 전술을 구사하는 책사이기도 했다.

"부족하지만 조금 이름을 얻고 있습니다."

"허어! 그럴 리가. 크림 준남작의 위명은 이미 이곳에도 진동하고 있소. 자자, 앉읍시다."

생각보다 거물이 왔다는 사실은 로먼의 기분이 나쁘지 않게 했다. 크림 준남작은 좀처럼 헤셀 백작가를 나서지 않는 신비한 인물이었다.

"갑작스러운 방문에 사과드립니다."

"음, 사정이 있겠지. 다만 그것이 무엇인지 알 수 없어 조금 의아하기도 하오."

"그러리라 생각했습니다. 하지만 본가에서 전한 것은 임시 자작을 맡고 있는 조던 님이나 레빈 님보다 로먼 님이었습니다."

말끝에서 느껴지는 뉘앙스가 묘했다. 상대의 의도를 파악하고자 했던 로먼의 두 눈이 번뜩이며 은근한 어조로 크림 준남작에게 물었다.

"그 말은?"

"본가에서는 로먼 님이 키뱅스 자작가의 가주가 되길 원하십니다."

쾅!

"지금 그게 얼마나 큰 무례인지 아시오?"

속으로 환희가 번졌지만 로먼은 짐짓 화가 난 척 자리에서 일어나 크림 준남작을 꾸짖었다.

"무례했다면 사과드리겠습니다."

"음! 그렇게 사과하니 더 탓할 수는 없지. 헤셀 백작가는 무슨 이유로 날 지원하겠다는 건지 듣고 싶소."

"그야 물론 로먼 님이 키뱅스 자작위에 가장 잘 어울리는 분이기 때문입니다."

"흠!"

"실례되는 말이지만 조던 님은 계획을 수행하는 과감함이 부족하시고, 레빈 님은 지나치게 신중합니다. 과감함과 신중함을 동시에 겸비한 로먼 님이 난세를 헤쳐 나갈 수 있는 인물임을 본가에서는 전혀 의심하지 않고 있습니다."

노이안 지방의 맹주인 헤셀 백작가에서 자신을 이렇게 높게 평가하고 있다는 사실은 로먼으로 하여금 속으로 미소 짓게 하였다.

"제대로 파악하고 있군. 형은 우유부단하고 레빈은 속을 알 수 없는 음흉한 녀석이니."

"그리고 저 또한 그렇게 생각하고 있습니다. 키뱅스 자작위에 가장 잘 어울리는 것은 로먼 님이십니다."

"하지만 지금은 로운 백작가와 전쟁 중이지. 내가 할 수 있는 것은 아무것도 없고."

은근한 어조로 크림 준남작에게 도움을 요청하는 로먼이었다.

그러나 그는 고개를 저으면서 되려 권유했다.

"오히려 이럴 때야말로 로먼 님이 움직이셔야 할 때입니다."

"지금?"

"로운 백작가는 오랫동안 헤인조 지방의 맹주로 군림해 왔습니다. 당장 오천의 병력을 동원했지만 언제라도 삼만 이상의 병력을 동원할 수 있습니다. 전쟁이 장기전으로 가면 키뱅스 자작가는 패할 수밖에 없습니다."

"…로운 백작가의 저력이 놀랍군."

키뱅스 자작령에서 병력을 모두 끌어모은다면 일만을 훌쩍 넘기지만 제대로 훈련된 병력은 오천도 되지 않는다.

그에 반해 로운 백작가의 삼만은 모두 훈련된 병력일 확률이 높았다.

갑자기 대치하고 있는 로운 백작가의 병력이 가볍게 생각할 수 있는 것이 아니라는 게 느껴졌다.

침음을 삼키는 그에게 크림 준남작의 음성이 파고들었다.

"장기전으로 이어지면서 로운 백작이 병력 동원을 주문한 것으로 파악되었습니다. 이대로 이어지면 키뱅스 자작가는 본가의 도움도 받지 못한 채 고사하게 될 것입니다."

"음! 그래서 내가 할 일은?"

"이참에 자작위를 이어받는 것이 어떠십니까?"

"이 상황에?"

"하나로 뭉치지 못한 힘으로 로운 백작가를 상대할 수 없습니다. 로먼 님은 무력과 지혜를 골고루 갖추신 분. 다른 형제 분들의 견제로 온전히 능력을 발휘할 수 없었지만 난세는 곧 기회가 될 수 있습니다. 본가에서는 로먼 님이 지금 상황을 타개하고 본가와 합작을 이끌어낼 수 있는 역량을 지녔다고 판단하고 있습니다."

크림 준남작의 말은 로먼의 가슴 깊숙한 곳에 파고들었다.

그것은 그동안 숨기고 있던 야망에 불을 붙이는 행동이기도 했다.

"하긴, 그동안 형들과 동생에 치여 있기는 했지."

"따지고 보면 키뱅스 자작가의 힘을 쥐고 있는 것도 로먼 님이십니다. 단지 가족을 걱정하시는 마음이 크기에 전면에 드러내지 않으셨을 뿐."

"음! 그래서 내가 할 일은?"

"이미 로먼 님이 알고 계시리라 생각합니다."

"…과연, 책사 크림 준남작의 능력은 명불허전이로군."

자신의 머릿속에 들어온 것처럼 미소 짓는 그를 보며 로먼도 미소를 지었다.

세상 사람들도 알고, 모두가 알고 있는 것이 자신의 능력.

그것을 모른 척하고 배척하는 것은 가문의 인물들이다.

그들의 무능력함이 가문을 몰락의 구렁텅이로 몰아넣고 있다.

가문의 번영을 위해, 자신의 야망을 위해 지금이라도 움직여야 한다.

"바빠지겠군."

회의에서 배척된 로먼은 키뱅스 자작가의 전반적인 무력을 맡고 있었다.

이는 제임스가 전사하면서 더 심해졌는데, 전체적인 작전

권은 조던이 쥐고 있었지만 실질적인 영향력은 로먼의 아래에 놓여 있다고 해도 과언이 아니었다.

크림 준남작의 방문이 이어진 바로 그날, 로먼은 자신의 휘하 기사들을 끌어모아 말했다.

"지금부터 우리는 조던과 레빈을 칠 것이다."

"…진심이십니까?"

"난 진심이다, 콜먼 경."

콜먼이라 불린 기사는 오래전부터 키뱅스 자작가에 충성을 바친 노기사였다. 그의 기사도인 '키뱅스 자작가 모든 존재의 수호'는 지금 로먼의 명령에 위배되는 중대한 사안이었다.

"하지만 저희가 충성하고 지켜온 가문입니다. 어찌 그분들에게 검을 겨눌 수 있겠습니까?"

"그들은 더 이상 키뱅스 자작가의 일원이 아니다. 내가 그렇게 판단하고 결정을 내렸다."

"……."

"불만일 수 있겠지. 하지만 돌아가는 상황은 우리들의 편이 아니다. 경은 로운 백작가의 침략 앞에 조용히 침묵하고 있는 것이 답이라고 여기나?"

"전력 차이로 인한 숨고르기입니다."

콜먼의 말에 그는 매정하게 고개를 저었다.

"아니, 로운 백작가는 우리들을 고사시킬 수 있는 물자를 보유한 곳이다. 이대로는 가문의 몰락을 기다리는 것에 지나지 않는다. 그래서 나는 결정을 내린 것이다. 가문의 미래를 위해 우리를 멸망으로 몰아넣는 저들을 토벌하기로!"

로먼의 말에 묘한 힘이 실려 있었다. 항변하려던 콜먼도 더이상 뭐라고 하지 못했다.

키뱅스 자작가 대부분의 기사들은 조던의 결정에 불만이 많았다.

객관적인 전력은 비등했고, 로운 백작가는 가주를 살해하고 이곳을 점령하기 위해 온 침략자였다. 그들에게 제대로 된 대응조차 하지 않고 조용히 지켜본다는 것은 결코 용납할 수 없는 사안이었다.

"날 따르라. 가문의 명예를 세우고, 우리를 얕본 저들에게 가문의 힘을 똑똑히 보여줄 것이다."

흔들리지 않는 로먼의 굳은 결의.

콜먼은 결정을 내릴 수밖에 없었다.

"따르겠습니다."

"좋은 판단이다."

로먼은 이십여 명의 기사와 백여 명의 병사를 거느리고 은밀히 영주관저로 향했다.

가문의 삼남인 그의 권한은 막강하여 관저를 지키는 병사들의 협조를 얻어 아무런 제지 없이 안으로 진입할 수 있었다.

하지만 충돌이 빚어진 것은 저택 앞을 경비하는 기사 때문이다.

"대체 이게 무슨 짓입니까?"

"가문의 미래를 위해서다. 순순히 비켜줄 생각이 없는가?"

"전 새로운 주군께 충성을 맹세했습니다. 목숨을 버리는 한이 있어도 비킬 수 없습니다."

"멋진 모습이군. 하지만 가문의 전력을 낭비하는 결정이기도 하다."

"무슨 뜻입니까?"

"조던은 가문의 미래를 갉아먹는 역적이다. 그의 결정은 키뱅스 자작을 몰락시킬 것이다. 로운 백작가는 헤인조 지방의 맹주, 그들을 상대하기 위해서는 그에 버금가는 자들과 힘을 합치는 것이 당연하다."

로먼은 자신의 생각에 확신을 가지고 있었다. 조던이 헤셀 백작가에 복속하겠다고 말했지만 종래에는 자신이나 레빈 모두 정리하고 홀로 권력을 독차지하려 들 것임이 분명했다.

더 말을 이어나가려던 그는 안에서 들려오는 노성에 멈칫하고 말았다.

"가문의 전력을 낭비하는 것은 네놈이다!"

"생각보다 빠른 등장이구려."

"네놈의 기색이 좋지 않았지만 이렇게 빨리 움직일 줄 몰랐다."

안에서 나타난 것은 다름 아닌 조던이었다. 비단 그뿐만이 아니라 동생인 레빈과 기사 십여 명이 모습을 드러냈다. 그 뒤로 경비병이 우르르 몰려나왔다.

로먼이 혀를 찼다.

"쉽게 끝날 일이 복잡하게 돌아가는군."

"네놈이 지금 무슨 짓을 하고 있는 것인지 알고 있는 거냐? 지금 이 행동은 가문의 몰락을 가져올 뿐이다!"

그 말에 로먼은 코웃음을 칠 뿐이었다.

"끝까지 자신 때문이라고 하지는 않는군. 가문의 몰락을 가져오는 것은 내가 아니라 네놈 때문이다, 조던."

"…더 이상 날 형으로 대우하지 않을 생각이군."

"역적에게 그런 대우는 필요하지 않으니까."

"후회하지 마라."

"내가 후회하는 일은 없을 것이다."

조던과 로먼의 음성은 모두 싸늘하게 얼어붙어 있었다.

병사 숫자는 부족했지만 기사 전력은 우위에 있었다. 입가에 미소를 띤 로먼이 뒤로 물러나면서 콜먼에게 명령을 내렸다.

"콜먼 경, 부탁하지."

"…가문의 미래를 위하여."

'당했군.'

노기사 콜먼은 그간의 풍부한 경험이 보내는 경고에 속으로 쓴웃음을 지었다.

이렇게 골육상쟁이 벌어진다면 승리하더라도 그 피해는 만만치 않게 마련이다. 이후에 이어질 로운 백작가의 공세를 막아내는 것은 사실상 불가능한 일일 터였다.

하지만 여기까지 온 이상 피해갈 수 없는 사실이었다.

검을 꽉 움켜쥔 그는 휘하 기사들을 보며 외쳤다.

"모두 공격하라!"

와아아아!

검에 푸른 오러를 생성한 두 무리가 충돌을 일으켰다.

골육상쟁의 결과는 참혹했다. 기사 전력이 부족한 조던과 레빈은 당하지 않기 위해 더 강하게 발버둥 쳤고, 그것은 로먼이 승리를 거둠에 있어 막대한 피해를 남겼다.

마침내 승리를 거두었지만 스무 명이 넘던 로먼 측 휘하기사는 열 명도 되지 않는 숫자만 온전히 서 있을 뿐이었다.

하지만 조던을 몰아내고 가문을 손에 넣었다는 사실에 로먼은 흡족한 미소를 지었다.

"후후, 우리가 이겼군."

"로먼, 네 이놈!"

퍽!

조던 앞으로 다가간 로먼은 한 치도 망설이지 않고 발길질을 했다. 볼썽사납게 넘어진 그는 매서운 눈으로 로먼을 노려보았다.

"패자 주제에 눈빛이 너무 살아 있어."

퍽! 퍽! 퍽!

그동안 쌓인 분노를 풀기 위해 로먼은 조던에게 발길질을 멈추지 않았다. 내부로 깊이 스며드는 고통에 조던이 꿈틀거렸지만 분노에 찬 눈은 거두지 않았다.

"그러니 날 왜 이렇게 만들었나! 날 대우하고 인정했다면 이런 일도 없었을 것이다. 모든 게 네놈이 자초했고, 네놈의 실책이다, 조던!"

두 눈이 붉게 충혈된 그는 엉망이 되어 꿈틀거리는 조던을 뒤로하고 레빈을 찾았다. 하지만 격전 중에 목숨을 잃은 그는 싸늘한 시체가 되어 바닥에 뒹굴고 있을 뿐이었다.

"그흐흐, 이제 날 가로막는 방해물은 아무것도 없군."

가장 꺼림칙하던 레빈이 죽었다는 사실이 로먼의 마음을 기쁘게 만들었다.

그는 벌레처럼 꿈틀거리는 조던의 머리 위에 발을 올려놓고 꾹 눌렀다.

"끄으으……."

"그래, 이렇게 꿈틀거렸어야지. 벌레처럼 내 밑에 기면서 말이야."

하지만 돌아오는 대답은 없었다. 좀 더 짓밟고 조롱하고 싶었던 로먼은 간헐적으로 꿈틀거리는 조던을 보며 혀를 찼다.

"이 정도밖에 안 되는 녀석이군."

주변을 둘러본 그의 두 눈은 짙은 욕심으로 번들거렸다.

이제 이곳의 모든 것이 자신의 것이 된다. 로운 백작가를 물리치고, 헤셀 백작가와 협상한 뒤, 수로와 해로를 활용하여 가문의 힘을 쌓는다.

그렇게 차곡차곡 쌓인 힘은 다가올 난세에 큰 힘이 되어줄 것이다.

"…나는 왕이 될 것이다."

짝짝짝!

그때 그의 귓가에 박수 소리가 스며들었다. 달게 이어지던 상상의 나래를 깨버리자, 다분히 기분 나쁜 표정을 지으며 고개를 돌렸다. 그곳에는 정체를 알 수 없는 일단의 무리가 서 있었다.

로먼의 시선은 그중 가장 앞에 서 있는 청년에게 향했다.

두 눈은 흐릿하게 풀려 있고 얼굴에 표정 하나 없는 그에게서 기이한 위화감이 감돌았다.

박수 치던 것을 멈춘 청년이 로먼을 향해 말했다.

"멋진 개소리 잘 들었다."

"네놈은 누구냐!"

"티엘 로운."

"티엘 로운? 로운, 로운 백작가, 설마 로운 백작?"

눈앞의 청년이 로운 백작이라는 사실에 로먼 백작은 정신이 번쩍 든 표정이었다.

"정답이다."

"네, 네놈이 어떻게 이곳에……."

"어떻게? 아, 아직도 자신이 속은 걸 모르고 있군."

의아한 표정을 짓던 티엘은 로먼이 아직까지 속은 것을 모른 채 설치고 있다는 걸 깨닫고는 코웃음을 쳤다.

비수처럼 박혀든 그의 말에 두 눈을 부릅뜬 로먼이 외쳤다.

"속아? 내가 속았다고?"

로먼의 머릿속에 크림 준남작과 만났던 순간이 떠올랐다.

그전에 만난 적이 있냐고 묻는다면 단호하게 아니라고 할 수 있다.

크림 준남작은 헤셀 백작가를 나서지 않는 인물이다. 신비에 가려진 그를 본 인물이라면 기껏해야 헤셀 백작가의 구성

원뿐일 것이다.

한 번도 본 적 없는 그는 자신이 영주감이라고 칭찬하면서 키뱅스 자작가를 다스릴 인물이라 평가했다.

하지만 그것이 모두 거짓이라면?

"으으, 네놈들이 감히 나를!"

"속은 놈이 병신이지."

코웃음을 친 티엘이 렉스터 남작을 바라보았다. 로먼은 승리했지만 살아남은 이들은 모두 격전으로 지쳐 있는 손쉬운 상대였다.

"렉스터 남작."

"하명하십시오!"

"모두 쓸어버리도록."

힘차게 외친 렉스터 남작이 주변을 둘러보았다.

헤인조 지방을 넘어 국가적으로 명성을 떨치고 있는 그를 감당할 수 있는 기사는 아무도 없었다.

몸이 정상인 상태에서 합공을 해도 모자란데 지치고 부상까지 입은 상태라면 뻔했다.

자연히 로먼을 따르는 기사들이 검을 쥔 손에 힘이 풀렸다.

"제압하도록. 반항하면 죽여도 좋다."

"명!"

은빛 기사단이 목소리를 높이며 저마다 검을 뽑아 들며 다가왔다.

　지옥의 사신처럼 짙은 그림자를 드리우는 은빛 기사단을
보며 로먼은 처절하게 외쳤다.

　"티엘 로우우우운!"

　"시끄럽군."

　뒤에서 지켜보던 티엘은 상황이 끝나는 걸 조용히 관람했
다.

제8장
정리정돈

로먼이 사로잡히고, 대부분의 기사가 제압 혹은 죽음을 당하자 키뱅스 자작가는 급속도로 무너졌다.

급기야 성문이 열리면서 병사들은 제대로 반항조차 못한 채 포로로 전락하고 말았다.

"은빛 기사단 피해 경상 둘, 중상 없음, 사망 없음, 상황 종료를 알립니다."

"수고했다."

"모든 것은 주군의 뜻대로."

"갓 점령한 곳이니 어수선할 것이다. 그러니 순찰을 돌면서 병사들이 허튼짓을 하지 못하게 감시하도록."

키뱅스 자작령은 헤인조 지방 내에서 동부로 통하는 관문과도 같은 곳이다. 점령지에 해당했지만 병사들의 약탈을 허용할 생각이 없었으므로 렉스터 남작에게 직접 명령을 내렸다.

"주의시키겠습니다."

"그럼 움직이도록."

"명!"

절도있게 예를 취한 렉스터 남작이 물러나자, 자리에 남은 것은 토릭슨과 제이론이었다.

"너의 능력은 충분히 증명해 냈다."

"감사합니다. 앞으로 더 많은 책략으로 주군을 기쁘게 만들겠습니다."

입가에 미소를 지은 토릭슨이 고개를 숙이며 예를 취했다. 살짝 고개를 끄덕여 수긍한 티엘은 제이론을 바라보며 말했다.

"이제 남은 것은 너로군."

"저 또한 순조로이 계획을 실행하여 주군의 명성에 누가 되지 않도록 하겠습니다."

자신감 넘치는 그의 말에 티엘은 토릭슨을 곁눈질하며 물었다.

"직접 움직이지도 않고, 상황을 지켜볼 수도 없다. 그런데 가능하다고 생각하나?"

이번 계획을 실현하기 위해 토릭슨은 직접 크림 준남작을 사칭하여 적진인 키뱅스 자작가에 잠입하여 로먼의 배신을 이끌어냈다.

그에 반해 제이론은 이곳에서 보름여 떨어진 아돌프 자작령을 함락시켜야 했다.

누가 보아도 불리한 것은 그였지만 전혀 개의치 않는 기색이었다.

"이번 작전은 토릭슨 군사님이 시기적절하게 만들어놓은 상황과 제 책략이 맞물려 있습니다. 두 가지가 모두 곁들어진 이상 아돌프 자작령은 반드시 함락될 것입니다, 믿어주십시오."

"자신감을 보이니 믿겠다."

토릭슨은 키뱅스 자작가를, 제이론은 아돌프 자작가를 함락시켜 각자 지닌 재주를 선보이기로 잠정적인 합의가 되어 있는 상황이었다.

티엘은 둘을 경쟁시켜 골치 아프게 만드는 문제를 해결하고자 했고, 두 군사는 그 의도를 알고 있으면서도 서로에 대한 경쟁심으로 제안을 받아들였다.

"예! 그런데 궁금한 점이 있습니다."

"말하라."

"본래 저는 아돌프 자작령 책임자로 렉스터 남작님을 원했습니다."

"그랬지."

"그윈 경의 실력이 부족한 것은 아니지만 너무 젊은 것도 사실. 주군이 무슨 복안으로 책임자를 그윈 경으로 삼았는지 궁금합니다."

"아아, 그랬지."

객관적으로 보아도 기사 전력은 키뱅스 자작가의 우위였다. 단지 그것만으로 그가 책임자가 되기에는 은빛 기사단 내에 뛰어난 기사가 다수 있었다.

"사람은 여러 유형이 존재한다."

"……."

뜬금없는 말이었지만 제이론은 침묵을 지키며 이어질 말을 기다렸다.

"렉스터 남작은 명령을 내리면 한 점 의심 없이 그것을 받아들이고 수행한다. 하지만 그윈은 다르다. 그는 의심하고 본질이 무엇인지 파악하고자 하지. 부리는 입장에서 굉장히 골치가 아프다."

갈피를 잡기 힘든 그의 말에 제이론은 물론 토릭슨도 한동안 의문부호를 그렸다. 하지만 그것도 잠시, 얼마 지나지 않아 그 말의 의미를 파악한 제이론의 두 눈이 커지기 시작했다.

"설마……."

"그윈은 굴려야 성장하는 타입이지."

단지 그것뿐.

티엘은 다른 이유를 설명하지 않았다.

"……."

제이론과 토릭슨은 입을 떡 벌린 채 아무 말도 하지 못했다.

키뱅스 자작가의 구원 요청을 전해 들은 아돌프 자작은 곧바로 군대를 동원했다.

엄밀히 말하여 아돌프 자작가는 키뱅스 자작가를 구원하기 위해 움직인 것이 아니다.

이미 두 가문은 서로를 멸망시키기 위해 대립하던 사이였다.

아돌프 자작을 대신하여 가문을 다스리던 제프 아돌프 남작은 스스로 자작위에 오르면서 돌아가는 상황을 빠르게 계산하였다.

토벌대가 조직되어 키뱅스 자작가로 향한 이상 로운 백작령의 전력에 공백이 생겼다는 것을 의미했다.

이는 병사를 효과적으로 운용할 경우 로운 백작령을 점령할 수 있다는 뜻.

욕심에 눈이 먼 제프 아돌프 남작은 대대적으로 군대를 동원하여 진군을 시작하였다.

그리고 그들이 성을 벗어나는 순간, 틈을 노리던 일단의 무리가 은밀히 진군을 시작했다.

"모두 이동한다."

그윈의 외침에 기사들이 그 뒤를 따르고, 차출된 병사들도 진군을 시작했다.

야밤을 틈타 아돌프 자작령으로 진군하게 된 것은 새로 합류한 책사들의 계책 덕분이다. 키뱅스 자작령에 주둔하고 있던 삼천의 병력을 이끌고 은밀히 남하를 시작했고, 제프 아돌프 남작이 움직이는 사이 영지를 점령하는 것이 그윈에게 주어진 명령이다.

자신의 명령으로 삼천의 병력이 일제히 움직이기 시작하자 그윈의 입에서 작은 한숨이 흘러나왔다.

"내가 어쩌다 이렇게 된 건지."

그야말로 벼락출세 가도를 달리고 있었지만 그것이 오히려 그를 불안하게 만들었다.

티엘과 얽힌 뒤 이어지는 처절한 나날들.

숨은 진면목을 발견하게 되었지만 돌아온 것은 숨조차 함부로 쉬기 힘든 긴박한 하루하루였다.

익히지 않은 '보이지 않는 쾌검'의 전수자가 되는가 싶더니, 렉스터 남작의 방치 아래 여기저기서 위명을 날리는 검호들과 대련을 빙자한 대결을 벌여야만 했다.

실전에 가까운 대련이다 보니 목숨을 잃을 뻔한 것이 한두 번이 아니었다. 죽지 않기 위해 미친 듯이 수련에 임해야 했고, 어느새 정신을 차려 보니 자신은 렉스터 남작의 후계자이자, 천재 기사로 위명을 날리고 있었다.

개인에게 있어 굉장히 명예로운 일이었지만 그보다 앞서는 것이 염려였다.

"남들은 부러워하는데 정작 나는 왜 죽겠냐고."

모든 것이 티엘 때문이다.

그윈은 자신이 괴로워하는 모습을 즐기고 있을 티엘을 떠올리며 주먹을 불끈 쥐고 전의를 다졌다. 그리고 병력을 이끌고 아돌프 자작령으로 향했다.

"전군, 속도를 높인다."

그의 외침에 따라 병사들이 진군 속도를 한층 높였다. 먼 곳에 성이 보이고, 그 앞에 도달하자 위에서 다급한 목소리가 들려온다.

"정지! 누구시오."

그에 그원 곁에 있던 중년 기사가 나섰다. 화려하지만 곳곳이 일그러진 갑옷 차림이었다.

"내가 누군지 모르겠단 말이냐? 어서 문 열어!"

"예? 옛! 죄송합니다, 자작님!"

화들짝 놀란 성의 병사들은 분주히 움직이며 성문을 열기 시작했다.

그 모습을 보며 그원은 침을 꿀꺽 삼켰다.

'대단하군.'

방금 전 중년 기사의 겉모습과 목소리는 얼마 전 병력을 이끌고 떠난 제프 아돌프 남작의 것과 흡사했다. 그리고 전면에 보이는 병력은 부상을 입은 것처럼 행색이 좋지 못했다. 딱 봐도 적습을 당한 모양새였으니 병사들이 온전한 판단을 내릴 리 없었다.

이 모든 것이 책사들의 계책이라고 생각하니 절로 몸이 떨려왔다.

'악마 같은 주군에 승리를 위해 물불 안 가리는 책사들이라니.'

생각만 해도 적이 불쌍했다.

그그긍!

그사이 성문이 열리기 시작했다. 그리고 성문 너머에 드러난 그원 등의 모습을 보고 병사들의 얼굴에 의문부호가 그려졌다.

"어?"

"전군, 아픈 척 그만하고 공격하라!"

그 외침과 함께 그윈은 가장 앞장서서 달려들기 시작했다. 기사들과 병사들이 함성을 지르면서 그 뒤를 따랐다.

와아아아아!

대부분의 전력이 빠져나간 상황에서 물밀 듯 밀려드는 토벌군의 전력을 감당할 수 있을 리 없었다. 몇몇 병사들은 전투를 포기한 듯 무기를 버리면서 투항하기 시작했고, 제프 아돌프 남작을 따르는 충직한 기사들은 검을 들며 마지막 전의를 불살랐다.

이때부터 그윈의 수난은 시작되었다.

"저자가 총사령관이다, 죽여라!"

"저자만 죽이면 된다! 죽여라!"

남아 있던 기사들과 반항하던 병사들이 일제히 그윈만 노리기 시작한 것이다.

젊고 잘생긴 데다가 고강한 무위를 지닌 그는 딱 보아도 로운 백작가의 중요한 인물인 것처럼 보였다. 적의 기사나 병사는 적어도 그가 로운 백작의 숨겨진 동생이거나, 가문 내 엄청나게 중요한 인물로 확신했다.

졸지에 적의 공격을 홀로 감당하게 된 그윈은 속으로 피눈물을 흘렸다.

'아니라고! 너희가 착각한 거라고!'

마음 같아서는 뒤로 물러나서 기사들과 병사들의 도움을 받고 싶었다. 하지만 물러서면 그동안 자신이 쌓아온 위명과 체면이 모조리 무너지게 된다.

그원은 그동안 고생한 것이 아까워서라도 이를 악물고 검을 휘둘렀다.

"광폭기사! 광폭기사다!"

그의 검에 병사들이 죽어나가자 그제야 그를 알아본 기사 하나가 외쳤다.

가뜩이나 이러지도 저러지도 못해 우왕좌왕하던 그원은 광폭기사란 말에 치솟는 열기를 참아내지 못하고 고함을 질렀다.

"누가 광폭기사냐! 너넨 다 죽었어!"

아군에게는 새로운 위명이, 적에게는 살 떨리게 만드는 악명이 생겨나는 순간이었다.

광폭기사 그원.

순간 화를 참지 못한 그는 자신의 별명을 확정 짓고 말았다.

그원의 압도적인 활약에 힘입어 토벌군은 아돌프 자작령을 점령할 수 있었다.

위풍당당하게 로운 백작령으로 진군하던 제프 아돌프 남작은 영지가 점령당했다는 소식에 경악하며 아스발도 남작령으로 도망치려고 했지만 사방에서 동원된 토벌대의 포위망을 뚫지 못하고 항복하고 말았다.

"쓸 만하군."

적에게 무시무시한 공포를 전달하며 아돌프 자작령을 점령한 그윈의 공은 무시할 수 없을 정도로 컸다. 티엘은 그윈에게 군사를 맡겨 아스발도 남작령을 비롯한 세 개의 영지를 토벌하도록 했다.

당연히 자신의 악명에 우울해하던 그윈은 격렬하게 반발했다.

"불가능합니다, 주군! 제 역량으로 해낼 수 없는 일입니다."

"그래서?"

"전 아직 어려서 일군을 이끌기에 부족합니다. 단장님은 이미 그 위명이 헤인조 지방을 넘어서 제국 내로 뻗어가고 있으니 적에게 더 큰 위압감을 줄 수 있고……."

"그래서?"

"그러니까 저보다 단장님이 더욱 적합하다는 이야기입니다."

"그래서?"

"…제가 맡겠습니다."

똑같은 반문을 거듭하는 티엘을 보며 그윈은 양어깨를 축 늘어뜨렸다. 잠시 눈이 뒤집혀서 그의 진면목을 깜빡하고 있었던 걸 상기했다.

"토릭슨."

"예, 주군."

"그윈을 보좌하여 세 영지를 점령하도록."

"명을 따르겠습니다."

이번 전투를 통해 한 가지 깨달은 점이 있는데, 장기전 같은 경우 제이론의 폭 넓은 전술 운용이 더 빛을 발하지만 단기전에서는 토릭슨의 임기응변이 다양한 전술이 효과가 더 좋다는 점이었다.

"됐군."

급한 일이 어느 정도 해결이 되자, 티엘은 만족스러운 미소를 지었다. 로운 백작가에 큰 부담을 끼치지 않고 효과적인 운용을 통해 헤인조 지방의 대부분을 다시 가문의 영향력 아래에 놓을 수 있게 되었다.

영지로 복귀한 티엘의 위상은 예전과 판이하게 달라졌다.

그전까지 허수아비 영주 신세를 벗어나지 못했다면 이번 전쟁을 통해 적어도 수하를 부릴 줄 아는 영주로 인정을 받은 것이다.

물론 그보다 더 큰 조명을 받은 것은 렉스터 남작과 그윈의 존재였다.

헤인조 지방에 명성을 떨치던 제임스 키뱅스를 보이지 않는 쾌검으로 단숨에 목숨을 앗아간 렉스터 남작은 이전 전쟁을 계기로 그 위명이 제국 내에 널리 알려지기 시작했다.

젊은 천재기사 그윈은 더 이상 헤인조 지방에서 모르는 이가 없을 정도였다.

뛰어난 실력과 적을 압도하는 카리스마는 미래의 드릴레 장군을 대체할 수 있는 천재적인 인재의 등장이라며 장밋빛 미래를 점쳤다.

속전속결로 키뱅스 자작령과 아돌프 자작령을 점령.

그동안 헤인조 지방 정계를 좌지우지하던 두 가문의 멸망으로 로운 백작가의 행보가 멈추리라 생각했지만 그들의 예상은 단단히 빗나갔다.

그윈은 오천의 병력을 이끌고 즉시 아스발도 남작령을 공략하기 시작한 것이다. 그곳이 무너진다면 나머지 영지는 허수아비에 지나지 않으므로 헤인조 지방이 온전히 로운 백작가 아래에 들어온다는 이야기다.

가문으로 복귀한 티엘은 한동안 신경 쓸 일이 없이 편히 쉬려고 했지만 갑작스러운 가스론 자작의 방문은 그마저도 못하게 만들었다.

"허허, 수고하셨습니다, 주군."

"오랜만에 바람을 쐬니 좋더군."

"그런데 이것이 끝은 아니겠지요?"

"무슨 뜻이지?"

"영지는 점령한 것으로 끝이 아닙니다. 그곳을 다스릴 인원을 구성하고 치안을 안정시켜야 비로소 주군의 힘이 될 것입니다."

"알고 있다, 자작."

이야기가 길어질 것 같은 느낌에 티엘은 손을 들어 그의 이야기를 끊었다. 그리고 은근히 기대감에 찬 눈으로 바라보는 그를 향해 말했다.

"난세에 접어들면서 영지를 잃은 몰락 귀족들이 많은 것으로 알고 있다."

"예, 설마 그들을?"

가스론 자작은 티엘이 그들을 끌어들이려 하는 줄 알고 놀란 표정을 지었다.

황제가 각 지방의 영주들을 압도하지 못하면서 곳곳에 영지전이 빈번하게 일어나고 있었다.

그리고 영지전에서 패한 수많은 몰락 귀족이 평화로운 각 지방에 피신해 있는 상태였다.

헤인조 지방에도 영지를 잃은 몰락 귀족이 무수히 많았다.

티엘은 미소를 지으며 고개를 저었다.

"난 점령지를 나눠줄 정도로 자비롭지 않아. 점령지는 공을 세운 이들에게 분배하고 남은 곳은 직할지로 삼을 것이다. 그리고 그곳에 파견하여 총독 혹은 시장으로 일하게 만들 것이다."

그가 생각하는 정책은 간단했다.

충성을 바치고 공을 세우면 그에 상응하는 보상을 내린다.

간단하지만 그것만으로 부하들의 절대적인 충성심을 끌어내기에는 부족함이 없다.

"멋진 생각이십니다, 허허! 이 늙은이가 생각한 것보다 멋진 복안이로군요."

손으로 무릎을 친 가스론 자작이 감탄하며 연신 고개를 끄덕였다.

그 또한 몰락 귀족을 끌어들여 그들의 전력을 고스란히 로운 백작가로 흡수하는 것을 생각하고 있었다. 그런데 티엘은 거기에서 한 발자국 더 나아가 공을 세우도록 목표를 심어주기까지 하는 것이다.

대단한 발상이라 생각하며 티엘의 말을 기다렸다.

"거기까지. 이번에 점령한 키뱅스 자작령은 렉스터 남작에게, 아돌프 자작령은 직할령으로 삼을 것이다."

"현명한 판단이십니다."

"자작은 몰락 귀족 중 쓸 만한 이들을 물색하도록."

"허허! 늙어서 이렇게 일복이 터질 줄 몰랐습니다. 그렇게 하도록 하지요. 그런데 주군, 한 가지 조언을 해도 되겠습니까?"

연신 흐뭇한 미소를 짓던 가스론 자작의 말에 티엘은 고개를 끄덕였다.

"이제 주군도 혼기가 꽉 찼으니 혼인할 때가 되지 않았습니까?"

"…갑자기 그건 왜 묻지?"

"가문이 바로 섰으니 후계를 걱정하는 것은 당연한 일. 주군의 혼기가 지나치기 전 좋은 영애를 맞이하여 혼인하는 것이 어떨까 생각했을 뿐입니다."

"그건 다음에 이야기하도록 하지, 피곤하군."

갓 복귀한 것을 핑계로 가스론 자작을 물리치려는 티엘이었지만 그 또한 정계의 능구렁이였다. 흰 수염을 쓰다듬으면서 웃음을 흘렸다.

"허허! 다음으로 미루다가는 언제 나올지 모르는 법입니다. 무례한지 알고 있지만 주군과 가문의 미래를 위해서라도 답을 주시길."

"지금 대답을 원하나?"

"좋은 게 좋은 것 아니겠습니까? 근래 들어 주군의 혼처를 문의하는 귀족들이 많아서 그렇습니다. 신 또한 주군이 혼인하여 후사를 보는 것이 좋다고 생각합니다만."

"나중에 이야기하지."

불편한 기색을 팍팍 풍기며 물리치려 했지만 가스론 자작은 웃음을 지으며 부드럽게 물러나며 여지를 남겨두었다.

"신이 주군께 부담을 드렸나 봅니다. 사흘 뒤, 정기 보고가 있으니 그때 답을 듣기로 하겠습니다."

"잠……."

티엘이 그를 붙잡으려고 했지만 이미 사라진 뒤였다.

"혼인이라."

여동생을 시집보낼 생각만 했지, 정작 자신은 그에 대해 생각한 적이 없던 그였다.

하루 휴식을 취한 티엘은 이른 아침부터 실비아의 방문을 받아야 했다. 전과 달리 독기를 뺀 그녀는 입가에 미소를 짓고 말을 건넸다.

"무사히 돌아와 다행이에요."

"걱정해 준 덕분이다."

"그렇죠? 오라버니가 무사하길 매일 기도했어요."

"고맙다."

전쟁터에 가는 티엘을 보며 그녀 속에서 많은 변화가 있는 듯했다. 전과 달리 기를 쓰고 달려들지 않는 모습에 그도 미소를 지을 수 있었다.

"오라버니가 했던 말을 곰곰이 생각해 봤어요."

"……?"

뜬금없는 그녀의 말에 티엘은 의아한 표정을 지었다. 실비아는 누가 보아도 화사한 미소를 지어 보이더니, 두둑한 서류 뭉치를 앞으로 내밀었다.

"이게 뭔지 아시죠?"

"네게 준 혼담 제안서인데."

"네, 오라버니가 말씀하신 걸 곱씹으면서 제가 너무 죄송하다는 생각을 했어요. 제가 바람둥이에게 빠져나올 수 있게 도움을 준 것도 오라버니고, 가문을 위해 제게 좋은 혼처를 알려주신 것도 오라버니 아니겠어요? 그런데 정작 저는 가문의 내부 총괄을 조금 해낸 것으로 너무 오만했던 것 같아요. 그러다가 한 가지 사실을 깨달았어요. 오라버니도 아직 혼인을 하지 않은 사실을."

"…그래서?"

불안한 느낌이 티엘에게 전해졌다.

"오라버니가 전쟁터에 가신 동안 제국 각지의 명문 가문을 조사했어요. 그리고 그곳에서 아직 혼인하지 않은 미혼의 영애들을 추려봤어요. 오라버니가 주신 혼담 제안서가 큰 도움이 되었고요."

그러면서 따로 보관하던 서류 뭉치를 티엘 앞으로 내밀었다. 그가 그녀에게 주었던 것보다 족히 세 배는 더 많은 양의 서류였다.

"평판은 조작할 수 있는 것이라 확신할 수 없지만 그중에 분명 오라버니의 마음에 드는 여인이 있을 거라 생각해요."

그를 바라보는 그녀의 두 눈은 의욕으로 활활 타오르고 있었다.

이전까지 어떻게든 이겨먹으려던 모습과는 확연히 다른, 진심으로 티엘을 존경하고 아껴 어떻게든 좋은 여인을 찾아내어 혼인시키겠다는 의욕이 가득했다.

가스론 자작도, 실비아도 모두 혼인을 시키지 못해 안달이 난 모습을 보이자 티엘은 회귀한 뒤 거의 느껴보지 못했던 당혹스러움을 느꼈다.

"음, 실비아."

"네, 오라버니."

"지금 당장 혼인을 하기에는 무리다. 네게 말하지 않았지만 역모를 꾸미던 가신들의 영지를 막 점령했고, 군사적인 문제와 정치적인 면에서 해결해야 할 것이 산적해 있다. 네 성의는 고맙지만 당장 혼인을 하는 것은 어려울 것 같다."

"아! 그렇군요. 제가 거기까지 생각 못하고 오라버니를 당혹스럽게 만들 뻔했네요."

그러면서 시무룩한 표정을 짓는 모습은 티엘의 마음마저 안쓰럽게 만들었다.

하지만 그것도 잠시, 이내 의욕을 찾은 그녀가 두 주먹을 불끈 쥐며 말했다.

"그럼 오라버니가 일을 처리할 때까지 더 많은 자료를 쌓아놔야겠어요!"

"뭐?"

"헤인조 지방의 맹주이자, 미혼인 오라버니는 최고의 신랑감이에요! 그런 오라버니의 부인이 되기 위해서는 뛰어난 귀족 가문 영애여야 하고요. 좀 더 조사하도록 할게요. 제국의 유서 깊은 가문부터 시작해서 타국의 공주나 명문가도요. 기대하세요. 제가 꼭 오라버니에게 어울리는 여성을 찾아낼 테니까요."

오로지 티엘의 행복을 위해 모든 심력을 쏟겠다는 그녀의 결의는 누구도 막을 수 없을 만큼 굳건해 보였다.

"잠깐……."

엉뚱한 방향으로 의욕을 불태우는 그녀를 말리고자 했지만 꾸벅 고개를 숙인 뒤 사라지는 그녀의 뒷모습을 멍하니 쫓을 수밖에 없었다.

"이것 참."

머리가 지끈거림을 느낀 티엘은 고개를 젓고 말았다.

제이론은 갑작스러운 티엘의 호출에 머릿속이 복잡해지는
것을 느꼈다.

그의 부름이 떨어진 것은 야심한 밤. 도통 무슨 이유로 자
신을 부른 것인지 종잡을 수 없었다.

"하긴, 그를 내 잣대로 판단하는 것도 우습지."

처음부터 모든 것이 예상에서 벗어난 인물이었다.

스스로 공부를 하고, 학식을 쌓은 제이론은 얼마 후에 찾아
올 난세를 대비하고 있었다. 서로 대립하고 피 튀기는 대결
구도가 이어질수록 책사라는 존재는 그 가치를 높이 평가받
는다는 걸 알고 있었다.

하지만 티엘의 방문은 모든 계획을 어그러뜨리기에 충분
했다.

그는 소문과 다른 인물이었다.

오로지 자기 자신밖에 없었으며, 독선적이고 일말의 여지
조차 없었다.

이런 인물을 주군으로 모실 생각은 어디에도 없었다. 그렇
기에 내기에 응했고, 자신의 식견이라면 그를 물리칠 수 있으

리라 생각했지만 자신만의 내기 방식을 보이며 결국 이곳에 정착하게 되었다.

헤인조 지방의 로운 백작가는 난세에 대비하기 적합한 지역이었다.

더 큰 그림을 그리기 위해 오늘도 책을 읽으며 그림을 그려나가던 도중, 티엘의 호출이 있었던 것이다.

"신 제이론 슈마커, 주군의 부름에 응하여 찾아왔습니다."

"어서 와라."

가까이서 본 티엘의 표정은 그리 좋지 않았다. 그동안 한 번도 본 적 없는 모습이었기에 제이론마저 의아한 표정을 지을 정도였다.

"무슨 급한 일이라도 있으신지?"

"네게 묻고 싶은 것이 있어 불렀다."

"말씀하소서."

"앞으로의 정세는 어떻게 돌아갈 거라 생각하지?"

"앞으로의 정세라면……."

"황가가 제 역할을 하지 못하면서 제국의 장악력이 떨어지고 있다. 조만간 각지의 영웅이 모습을 드러내고, 패권을 차지하기 위해 대립하겠지. 그러한 난세 속에서 우리가 대비할 것이 무엇인지 듣고 싶다."

'대단하군.'

티엘의 말을 들은 제이론은 감탄을 금치 못했다.

난세가 찾아오는 것을 피부로 실감하지만 그와 같이 구체적으로 언급하리라고는 생각지도 못했다.

티엘은 앞으로 찾아올 미래를 알고 있었기에 한 말이지만 제이론은 앞날을 내다본 듯한 모습에 두 눈을 빛내며 입을 열었다.

"먼저 헤인조 지방을 장악하는 것이 중요합니다."

"그래서 토벌을 맡기지 않았나."

"그것만으로 부족합니다."

"하면?"

"주위와의 관계를 말하는 것입니다. 현재 헤인조 지방은 각지의 유민이 몰려들고 있고, 이는 그동안 낙후되어 있던 헤인조 지방을 발전시키는 계기가 되었습니다. 헤인조 지방의 우측의 동북부는 부유한 노이안 지방이 위치해 있으며, 동쪽에는 아이주 지방이, 북부에는 엔조 지방이, 서쪽에는 시어즈 지방이 존재합니다. 이 중 엔조와 노이안을 제외한 곳은 모두 제국의 변방으로 불리던 곳입니다. 주군께서는 이들 네 지방의 관계를 어떻게 설정하느냐에 따라 앞으로의 행보가 달라지리라 생각됩니다."

현재 각 지방에서는 치열한 각축전이 벌어지고 있었다.

그 지방의 패권을 놓고 하루가 멀다 하고 전쟁이 벌어지는 곳이 있는가 하면, 일찍이 맹주로 등극한 가문의 통치 아래 힘을 키워 나가는 곳도 존재했다.

일찍이 힘을 기르고 있는 곳은 동북부 노이안 지방의 헤셀 백작가다. 광활한 평야와 많은 인구를 거느린 헤셀 백작가는 제국 내에서 손에 꼽히는 가문으로 성장한 곳이다.

"행보라."

"따로 생각하신 것이 있습니까?"

"없다, 그저 의견을 들어보고 싶었을 뿐."

"주군께서는 현 황실에 대해 어떻게 생각하고 계십니까?"

"멸망을 향해 치닫고 있지."

'…황제에 대한 충성심은 크지 않군.'

무심한 그 한마디에 황제에 대해 크게 충성심이 존재하지 않는다는 걸 알아차린 제이론이다.

"그렇다면 주군의 목표는 무엇입니까?"

"누구도 건드리지 않는 것."

"왕위에는 관심이 없으십니까?"

"그다지."

"으음."

혹시나 염려했던 것이 사실이었다. 티엘은 자신을 건드린 누구도 용서하지 않지만 누군가를 공격할 만큼 야망이 크지도 않았다.

이러한 수동적인 모습은 적에게 힘을 키울 틈을 내어주고, 나아가 더 큰 빈틈을 자초하게 된다.

제이론은 자신이 선뜻 나서서 해결할 수 있는 문제가 아님을 알아차렸다.

'토릭슨 형님과 대책을 수립해야겠군.'

"내가 너무 수동적이라 생각하나?"

"예, 아닙니다."

"당장은 이렇다는 것이다. 너희가 자유로운 사고 속에서 앞으로 그림을 그려 나가기 위해서는 나에 대해 파악할 필요가 있겠지."

"……"

티엘을 대하면 종종 섬뜩할 때가 있었다. 그가 뛰어난 식견을 지녔거나, 측량할 수 없는 지혜를 지니고 있는 것은 아니었다. 하지만 가끔 속을 훤히 들여다보는 듯한 안목은 모든 것을 머리로 판단하는 자신들을 제압하는 것처럼 섬뜩하게 만들었다.

"나도 모르나, 앞으로 차츰 변할 것이다. 너희는 이것을 파악하고 가문이 나아가고, 더 나은 미래를 설계하기 위해 힘써야 할 것이다."

"알겠습니다."

"가문에 대한 이야기는 여기까지. 진짜 이유는 너의 지혜가 필요해서 불렀다."

"제 지혜라면?"

"곤란한 일이 생겼다."

티엘의 말에 제이론은 의아한 표정을 지었다. 로운 백작가
의 가주이자, 헤인조 지방의 맹주인 그가 무슨 곤란한 일이란
말인가?

"말씀하소서."

"결혼 안 할 방법."

"예?"

"결혼하라고 주변에서 난리다. 피해갈 방법을 알려다오."

"……."

그 한마디에 제이론은 맥이 탁 풀리고 말았다.

제9장
내실 다지기

와아아아!

지축을 뒤흔드는 거센 함성 소리가 울려 퍼지면서 검은 연기가 자욱하게 피어올랐다. 사방에 시체가 즐비한 것을 지켜보던 그윈은 무표정한 얼굴로 몸을 돌려 자리를 벗어났다.

티엘에게 명령을 받은 지 한 달여가 되는 날.

토릭슨을 참모로 둔 그윈은 세 개의 영지를 모조리 복속시키는 데 성공했다.

"이제 돌아갈 수 있나."

한 달 전과 비교하면 그의 위상은 비교할 바가 못 될 정도로 상승해 있었다.

병사들은 그를 굳건히 신뢰하였으며, 기사들도 젊은 천재 기사의 탁월한 지휘력을 인정하고 있었다.

"지옥 같은 나날들이었지."

병사들이 분주히 움직이며 전장을 수습하는 것이 눈에 들어왔다. 이제 이곳을 정리하면 토벌군은 그리운 고향으로 돌아가게 된다.

그것은 그윈이라고 해서 크게 다르지 않았다.

생각에 잠겨 있는 그를 향해 토릭슨이 다가왔다.

"어떻습니까?"

"좋습니다, 아주 좋습니다."

"몸도 마음도 편해질 수 있으니 좋을 수밖에요. 하지만 돌아가면 주군이 계신데 과연 그윈 경이 편하게 지낼 수 있을까요?"

"끙! 저도 그걸 걱정하고 있었습니다."

편안한 휴식은 희망사항일 뿐, 실제 자신의 미래는 그리 밝지 않다는 것이 함정이었다.

어떤 식으로든 자신은 고생하게 될 것이다.

반드시.

그것은 예지를 뛰어넘은 하나의 확신이었다.

"힘내시길."

"부디 제가 주군에게 밉보인 이유를 알았으면 좋겠습니다."

"하하, 딱히 그런 건 없어 보이는데 말입니다."

그렇게 말을 했지만 그윈이 어째서 모진 고생을 하는 것인지 알 수 있는 토릭슨이었다.

'굳이 말할 필요는 없겠지.'

실제로 지켜본 그윈의 발전은 놀라울 정도였고, 이러한 방법을 생각해 낸 티엘에게 잠시나마 경외심을 가질 정도였으니까.

사람에 따라 대하는 법이 다르다.

전술을 배우면서 가장 기본적인 사실인 만큼 다시 한 번 마음을 가다듬게 되는 토릭슨이었다.

그윈의 성공적인 원정으로 헤인조 지방에 평화가 찾아왔다.

키뱅스 자작가를 따르던 이들과 아돌프 자작을 따르던 가신들이 줄줄이 엮여 감옥에 갇혔고, 어김없이 심판을 받아 그동안 저지른 죗값을 치러야 했다.

티엘은 이 사실을 헤인조 지방에 널리 알렸고, 그동안 그들의 폭정에 고생하던 백성들은 바닥에 침을 뱉으면서 손가락질을 서슴지 않았다.

그들은 그동안 능력 없이 휘둘리던 티엘이 상당한 실력자라는 것을 깨닫고 자신들을 지켜줄 거라 믿게 되었다.

이를 반영하기라도 하듯 키뱅스 자작령에 군대를 주둔하여 수로를 지키기 시작했고, 아돌프 자작령의 치안을 안정시키는 데 주력했다.

"수고했다."

"시키신 대로 처리했을 뿐입니다. 모든 것은 주군의 공이십니다."

"그런 말도 할 줄 알다니 많이 컸군."

"……."

다른 사람이 듣지 못할 정도로 작은 말에 그윈은 굳었다가 어색하게 웃음을 지어 보였다.

티엘 또한 입꼬리를 말아 올린 채 그를 바라보다가 주변을 둘러보았다.

장내는 새로운 얼굴이 대거 눈에 보이고 있었다. 그들은 앞으로 펼쳐질 미래에 기대감이 가득한지 두 눈이 초롱초롱했다.

"헤인조 지방의 평화를 찾아온 그윈 경에게 세 배의 봉록을 지급하고 은빛 기사단 소대장으로 진급시킨다. 아울러 준남작의 작위를 수여하겠다."

"오오오!"

짝짝짝!

여기저기서 감탄사와 함께 박수가 터져 나왔다. 처음에는 어떻게 돌아가는 것인지 몰라 어리둥절하던 그윈은 이내 자신이 어마어마한 포상을 받았다는 사실에 활짝 웃음을 짓고 예를 취해 보였다.

"렉스터 남작."

"옛! 주군."

갑작스러운 호명에 렉스터 남작은 깜짝 놀라 티엘 앞에 섰다.

"렉스터 남작은 위기에 처한 본가를 구하고 토벌군의 선봉으로 그 능력을 입증했다. 렉스터 남작에게 현재 공석이 된 키뱅스 자작령을 하사하겠다."

실로 파격적인 말이 아닐 수 없었다.

입을 쩍 벌린 그와 마찬가지로 신입 가신들은 무시무시한 포상에 웅성거렸다.

"키뱅스 자작령이라니!"

"전략적 요충지인 그곳을 렉스터 남작님에게?"

헤인조 지방의 노른자위라 불리는 키뱅스 자작령은 군사적인 이점을 지니고 있을 뿐만 아니라 헤인조와 노이안 지방의 물류가 집중되는 무역의 도시이기도 했다. 그곳을 다스리는 것만으로도 풍족한 자금을 손에 넣을 수 있었다.

더욱 놀라운 것은 렉스터 남작이 영지를 거느린 귀족이 되었다는 점이다. 영지가 없는 계승 귀족의 경우 대를 거듭하다 몰락 귀족으로 전락하는 것에 반해 영지만 있으면 천년만년 가문을 유지해 나갈 수 있다.

"너, 너무 과한 포상입니다."

"실력있는 이를 대우하는 것은 당연한 일이다. 다만 렉스터 남작의 비중이 실로 크니 가문에 남아 있어 주길 바란다. 모든 것이 안정되면 영주로 취임할 수 있도록 힘써주도록 하지."

"주군의 은혜가 실로 하해와 같습니다."

"나는 능력 있고 충성심이 높은 이를 우대한다. 그대는 그만한 가치가 있다."

평범한 공치사와 같았지만 그 이면에는 노림수가 깃들어 있었다. 렉스터 남작이 받은 이러한 포상은 신입 가신들에게 큰 반향을 일으킬 것이다.

그것은 그들이 능력을 발휘할 수 있는 원동력이 되어줄 것이고, 티엘에게 더욱 충성을 바치게 된다.

모든 것이 제이론의 계책이었다.

집으로 돌아온 그윈은 가족들의 열렬한 환영을 받아야 했다. 그는 자신을 대견한 눈으로 바라보는 부모님과 동경의 빛이 가득한 동생들의 모습이 부담스러웠다.

"대단하다!"

"네가 내 아들이라 다행이다."

"형, 정말 형이 전쟁의 영웅이야?"

"다른 애들이 완전 부러워하고 있어, 형이 최고야!"

"우리 형이 그원이라니! 히히!"

부모님과 동생들이 열렬하게 열광하니 그원은 머쓱했지만 양어깨를 쭉 펼 수 있었다.

누구에게도 털어놓지 못할 만큼 힘든 나날이었지만 가족에게 만큼은 자랑할 수 있었다.

"내가 네 형이 맞으니 자랑해도 좋다."

"멋져! 영주님께서 상금도 엄청 많이 주셨다며?"

"바보야! 그것보다 준남작의 작위가 더 중요해. 형은 이제 귀족이라고! 귀족!"

"형이 귀족이면 우리도 귀족이 되는 건가? 아싸! 나도 귀족이다! 히히!"

"바보야! 형이 준귀족이지, 우리는 아니야."

"그런 거야?"

동생의 타박에 귀족이 된다고 좋아하던 막내 동생의 양어깨가 축 처졌다.

그 모습을 본 그원이 한쪽 무릎을 꿇고 막내 동생과 눈을 마주하며 말했다.

"귀족이 되려면 아직 멀었다. 하지만 노력하다 보면 언젠가 귀족이 될 수도 있겠지. 그럼 우리 가족 모두 귀족이 될 수 있을 거다."

"정말?"

"정말이고말고. 형이 약속하마. 반드시 귀족이 되겠다고."

"웅! 형을 믿어. 다른 사람도 아니고 영웅 그윈이잖아!"

'그래, 한 번 죽지, 두 번 죽겠냐.'

반짝반짝 눈을 빛내며 기대감을 드러내는 동생의 모습에 그윈은 주먹을 꽉 움켜쥐면서 전의를 다졌다.

하지만 지금은 몰랐다.

차라리 죽는 것이 더 편할 정도로 구르게 된다는 것을.

그 사실을 모르는 그윈은 가족들의 막연한 기대를 만끽하며 즐길 수 있었다.

제이론과 토릭슨은 서로 마주 보며 차를 한 모금 마셨다. 이번 토벌전에서 두 사람의 신경전은 최고조에 달해 있었다. 사적으로 친한 형 동생이었지만 전략 전술을 논함에 있어 숙명의 라이벌과 같았다.

먼저 입을 연 것은 제이론이었다.

"무승부로군요."

"흠! 그렇게 생각하나? 난 내심 네 승리라고 생각했다만."

"큰 그림을 그렸지만 그것을 성공으로 만들어낸 것은 형님 이잖습니까?"

"그 부분을 감안했군. 현장에서 직접 뛰었으니 그것까지 더하면 무승부가 옳다."

"저라면 더 많은 시일을 소모했을 것입니다. 형님의 임기 응변과 공격적인 모습은 놀랍더군요."

"큰 그림을 잘 그려놓았으니 세밀하게 표현했을 뿐이다."

토릭슨은 제이론의 칭찬이 기분 좋았는지 입가에 미소를 지으며 대답했다.

토벌전을 치르면서 둘은 상대를 인정하면서 어느 부분에 장점을 보유했는지 알 수 있었다.

제이론은 넓은 시야로 정세를 읽는 눈이 탁월했다. 그리고 아군에게 가장 유리한 상황을 조성할 수 있는 그림을 그릴 줄 알았다.

그에 반해 토릭슨은 눈앞의 상대에게 있어 악몽과도 같은 존재였다. 갖가지 임기응변식 전략 전술은 변칙적이었지만 실제로는 기본에 충실한 압도적인 물량으로 차근차근 적을 눌러 버리는 솜씨는 누구도 따르지 못할 정도였다.

"우리 둘이 힘을 합친다면 어떤 적도 두렵지 않겠지."

"시간은 흐르고, 우리의 경험은 쌓이니 미래에는 누구도 두렵지 않을 것입니다. 단 한 분을 제외하면 말이죠."

"내가 생각하는 그 사람인가 보군."

"솔직히 맞지 않습니까? 저는 그분과 같이 제 예상을 벗어나는 사람은 단 한 번도 본 적 없습니다."

"맞다, 첫 만남을 생각하면 정상적인 사고를 지닌 것이라 보기 힘드니."

둘은 서로를 바라보며 쓴웃음을 지었다. 그 대상은 자신들이 모셔야 할 대상이며, 오늘도 귀찮다고 일처리를 모조리 떠넘긴 주범이기도 했다.

"하지만 한 가지만큼은 분명하다. 우리가 상상하는 것 이상으로 대단한 인물이라는 것."

"그렇게 느끼셨습니까?"

"그윈 경만 해도 일개 평기사에 불과한 인물이었다. 그런 인물을 총사령관으로 임명하는 것부터 정상적이지 않지."

"설마 그것이 의도적이었단 뜻입니까?"

"섣부른 판단일지 모르나 능히 일군을 이끌 능력을 지니고 있다. 개인의 무위 또한 대단하지. 실제로 그동안 발전보다 최근 들어 실력이 급속도로 발전하기 시작했다."

"흐음."

"더군다나 재야에 숨어 있던 나와 너를 발굴했다. 이것만 봐도 충분하지 않나?"

스스로의 평가를 높이는 행동이었지만 토릭슨은 전혀 거리낌이 없었다. 그는 자신의 능력이 대륙에 두각을 드러낼 수 있으리라 자부했고, 맞은편에 앉은 제이론 또한 같은 분류의 인물이었다.

"그렇군요. 잊고 있지는 않는데 워낙 충격적인 만남이어서 저도 모르게 생각지 않고 있었습니다."

"큭큭! 그럴 수밖에 없지. 나만 해도 복수고 자시고 세상이 노래지는 느낌이었으니 말이야."

같은 책사라는 점과 비슷한 일을 겪으며 로운 백작가에 종사하게 된 두 사람.

그것이 유대감으로 묶여 친해지는 계기가 되었다.

이것 또한 의도된 바라는 것을 그들은 미처 알지 못했다.

"인재가 필요하다."

"허, 허허!"

갑작스러운 부름 후에 직설적인 티엘의 요구에 가스론 자작은 너털웃음을 흘리고 말았다.

현재 헤인조 지방은 격변을 겪고, 변화를 위해 한 걸음을 내딛은 상황이다.

키뱅스 자작과 아돌프 자작, 둘에게 관련된 실무자들이 대거 쓸려 나가면서 생긴 공백을 뜻있는 인재들이 채우고 있었지만 숫자가 부족했다. 그 공백을 채우고 있는 것이 가스론 자작을 비롯한 행정가였는데, 티엘은 그 숫자를 더 늘리고자 요구하는 것이다.

"어떤 인재를 원하십니까?"

"행정가, 지금보다 두 배 정도 더 필요하다고 생각하는데."

"두 배나 말입니까? 너무 많은 것 같은데."

"앞으로 할 일이 많아지니 인재가 필요한 것이다. 내가 하는 말에 의구심은 품지 마라, 자작. 단지 내가 원하는 것은 본가, 그리고 나아가 헤인조 지방을 책임질 수 있는 살림꾼이다."

"헤인조 지방을 벗어나실 생각은 없으신지?"

"상황 돌아가기 나름이지. 일을 벌이기 위해서는 인재가 필요하다. 그 정도는 모르지 않을 거라 생각하는데?"

원론적인 말로 치고 들어오는 티엘의 모습에 가스론 자작은 헛기침을 했다.

"허험! 명하신다면 능력있는 인재를 천거하는 것은 가능합니다. 하지만 높은 학식을 지닌 만큼 제멋대로인 자들이 많아서, 자칫 주군께 불경을 범하지 않을까 염려가 되는 것이 사실입니다."

"그럼 괜찮군, 부르도록."

"그들이 정녕 주군께 불경을 저질러도 괜찮다는 뜻입니까?"

"불경하면 패서라도 말을 듣게 만들면 되겠지."

"……."

대수롭지 않게 말하는 티엘의 모습에 가스론 자작의 얼굴은 사색으로 바뀌었다. 높은 자존심을 지닌 그들이 그런 대우를 받는 순간, 제국의 모든 인재들은 로운 백작가에 종사할 생각을 품지 않게 될 것이다.

"아아, 물론 설득은 해볼 생각이다. 안 되면 어쩔 수 없겠지."

"이, 일단 명단을 추려보도록 하겠습니다."

마음 같아서는 누구도 부르고 싶지 않았다. 하지만 그 속을 꿰뚫어 보기라도 한 것처럼 티엘의 한마디가 귓속을 파고들었다.

"기대하지. 일단 열 명 정도 부르도록."

"끄응."

입에서 앓는 소리가 저절로 흘러나왔다.

티엘은 반역을 도모한 가신들에게 모은 자금을 아낌없이 영지에 투자했다. 추수까지 식량 없이 근근이 버티고 있는 집에는 식량을 지원했고, 집이 없어 떠도는 유민들을 정착시켜 영지와 헤인조 지방을 연결하는 도로 건설에 투입했다.

막대한 양의 돈이 풀리자, 헤인조 지방 전역에 활기가 돌면서 영지민들의 궁핍한 삶도 한결 풀렸다.

몸은 고되지만 더 이상 굶지 않게 된 백성들은 다른 사람처럼 바뀐 티엘을 칭송했다.

"영주님은 우리의 구세주다!"

"로운 백작님 만세!"

작은 변화였지만 입에 풀칠하는 것조차 버거웠던 나날이 전부였던 그들에게 있어 이것만으로도 큰 변화였다.

그러니 자연히 그의 평가도 바뀌어갔다.

반란이 일어나기 전, 그는 가신들에게 휘둘리는 무능한 영주의 표본이었다. 그들을 숙청한 뒤에도 여전히 렉스터 남작에게 휘둘리는 허수아비 영주였다. 하지만 토벌전을 성공적으로 끝내고 파격적인 포상을 내림으로써, 부하들을 신뢰하고 능력을 높이 사는 영주라는 인식을 주게 되었다.

더불어 재물을 풀어 영지민을 먹여 살리니, 고통받는 백성들을 불쌍하게 여기는 이미지를 얻을 수 있었다.

하지만 정작 당사자인 티엘은 그에 대해 전혀 개의치 않고 있었다.

"어차피 내 돈도 아니니까."

속 편한 것은 오로지 그뿐이었다.

헤인조 지방이 안정됨에 따라 무수히 많은 변화가 일어나기 시작했다.

폭정을 저지르던 가신들이 사라지면서 백성들의 숨통이 트였으며, 곳곳에 창궐하던 수적과 해적이 숨을 죽이고 눈치를 살폈다. 나아가 가신들에게 거둔 돈을 아낌없이 풀면서 도로망을 정비하니, 미풍에 불과하던 변화의 바람은 거센 폭풍이 되어 헤인조 지방을 휩쓸고 있었다.

이러한 상황이 되자, 로운 백작가의 상황을 주시하던 타 지방의 가문이 본격적으로 움직이기 시작했다.

그들은 헤인조 지방의 맹주인 로운 백작가와 관계를 맺고자 했는데, 그중 가장 효율적인 방법이 바로 혼인을 통한 동맹이었다.

젊은 백작 티엘은 미혼이었고, 여동생인 실비아 또한 마찬가지였다.

지극히 자연스러운 현상이었지만 당면한 상황에 실비아는 흘러나오는 한숨을 참지 못했다.

"하아, 도저히 이해할 수 없어."

그 한마디에는 무수히 많은 감정이 내포되어 있었다.

그녀는 그동안 가문을 위해 움직여 왔다고 스스로 자부하고 있었다. 공백으로 남은 가문 내의 일을 맡았으며, 티엘의 원활한 대외 활동을 불편하지 않게 하고자 각고의 노력을 기울였다.

그의 혼인 문제 또한 마찬가지였다.

로운 백작가의 격에 어울리는지, 당사자의 성격은 어떤지 꼼꼼하게 찾아보고 점검함으로써 여인의 입김에 가문이 흔들리지 않게 하고자 했다.

하지만 그러한 그녀의 노력은 모두 수포로 돌아가고 말았다.

무수히 많은 혼담이 쏟아졌지만 티엘은 단칼에 거절했던 것.

할 일이 많다는 대외적인 표명이 이루어짐에 따라 혼담 집중포화를 받게 된 것은 다름 아닌 실비아였다.

티엘은 대수롭지 않게 적당한 남자를 골라잡으라고 했지만 실비아는 태연히 그 사실을 받아들일 수 없었다.

당장 자신보다 급한 것이 티엘이었다. 그럼에도 번번이 거절하면서 자신에게 떠넘기는 행동에 그녀는 참을 만큼 참았다.

"어디까지 미루나 보자고!"

혼인을 하는 것도 가문의 미래를 대비하는 중책 중 하나다. 결국 그녀는 숨겨놓은 최후의 한 수인 어머니에게 연락을 취하는 것으로 승부수를 던졌다. 그럼에도 가슴에 답답함이 가시지 않아 거처를 벗어나 산책하면서 마음을 다스리고자 했다.

"후우!"

아름답게 가꿔진 꽃밭을 보면서 마음이 한결 가라앉는 기분이었다. 가볍게 숨을 고른 그녀가 천천히 걸음을 옮길 무렵, 다급하게 관저로 들어서는 청년을 발견할 수 있었다.

"당신은?"

"아가씨를 뵙습니다."

바삐 움직이던 그윈은 실비아가 서 있는 것을 보고 정중히 예를 취했다.

"무슨 일이죠?"

"주군의 호출이 있으셨습니다."

"그래요?"

실비아는 그윈을 바라보며 호기심 어린 표정을 지었다.

그저 젊은 기사 한 사람에 불과했던 그를 영웅으로 만들 정도로 중용한 것이 다름 아닌 티엘이라는 걸 떠올린 것이다. 그 본인의 능력도 굉장하지만 중용을 받을 정도라면 보이지 않는 연결점이 존재하는 듯했다.

"한 가지 부탁이 있어요."

"제 능력의 선을 넘는 것이라면 들어드리기 어렵습니다."

당장 티엘에게 달려가도 부족할 판이었기에 그윈은 난색을 표하며 부인하려고 했다. 하지만 그럴수록 실비아는 집요하게 물고 늘어지고는 했다.

"절대 무리하는 것이 아니니 걱정하지 않아도 돼요."

"무엇입니까?"

"제가 하고 싶은 부탁은 가문의 중대한 사안이기도 해요."

"말씀해 주시길."

'어서 말하라고, 이 아가씨야.'

만사가 귀찮음에 가득 찬 티엘은 시간관념에 대해서는 철두철미했다.

그 이유는 간단했다.

자신의 시간을 빼앗기는 것을 싫어하기 때문이다.

늦으면 늦을수록 고달파지는 것은 자신이었다. 그러기에 서둘러 실비아의 부탁을 듣고자 했다.

하지만 그녀는 그것을 알고 있기라도 하듯 섣불리 용건을 꺼내지 않았다.

"들어줄 수 있다고 말씀해 주세요."

"들어드리겠습니다."

정말 시간이 부족했다. 초조한 기색이 얼굴에 드러나며 재촉하니, 입가에 미소를 띤 실비아가 용건을 꺼내들었다.

"오라버니가 혼인 문제를 놓고 뒤로 물러서는 기색을 보이거든요. 저는 하루라도 빨리 오라버니가 혼인하길 원하는데 쉽지가 않아요. 대체 무슨 이유 때문인지 알고 싶은데 믿고 맡길 사람이 없네요."

"제가 그 이유를 알아오길 바라는 것입니까?"

"어려울까요?"

"주군께 충성하는 기사가 어찌 주군의 개인 정보를 알고자 하겠습니까?"

난색을 표한 그원은 골치 아픈 일을 맡기 싫어하는 기색이 역력했다.

그러나 실비아 또한 강적이었다.

"그런가요? 하지만 주군을 위하는 길이기도 하니 괜찮아요. 제가 오라버니에 대한 정보를 드릴 테니……."

"아닙니다, 아가씨의 말씀이 무엇을 의미하는지 알겠습니다. 주군께 여쭤보도록 하겠습니다."

이대로 대화가 이어지면 자신만 손해였다. 고개를 끄덕이며 수락하니, 실비아의 입가에 미소가 번졌다.

"아니요, 오라버니 몰래 알아오도록 하세요. 가문의 후계를 만들어놓는 것은 영주의 임무 중 하나. 오라버니의 미지근한 태도는 말을 할 수 없는 이유가 있는 게 분명해요. 그러니 부탁드릴게요."

"예! 알겠습… 헉!"

"왜 그러시죠?"

"아, 아닙니다. 그럼 저는 가보도록 하겠습니다."

고개를 절레절레 저은 그원은 허겁지겁 뛰어갔다. 그 뒷모습을 쫓던 실비아의 입가에 미소가 번졌다.

"여기저기 정보를 취합하면 이유가 나오겠지? 언제까지 물러날 수 있는지 보겠어."

주먹을 불끈 쥐며 전의를 다지는 실비아였다.

저 멀리 저택에서 모든 것을 지켜보는 한 쌍의 눈이 있는 것을 알지 못한 채.

슈테른 제국은 대륙의 최강국으로 그 위엄을 곳곳에 떨칠 정도로 강력한 국력을 지닌 곳이다.

대륙 동북부를 시작으로 남서부까지 뻗은 광대한 영토에 무수히 많은 인구가 살고 있었고, 풍부한 인력을 바탕으로 강력한 군대를 운용하여 대륙 각지에 존재하는 왕국들을 두려움에 떨게 만들었다.

하지만 근래 들어 제국의 위세가 예전만 못했다. 거대한 영토 곳곳을 다스리는 영주들은 저마다 난세에 대비하여 칼을 갈고 있었으며, 중앙 정부는 사치와 향락에 빠져 제대로 된 통제를 하지 못하고 있는 실정이었던 것이다.

제국의 황도 텔른은 제국의 지배자인 황제가 거주하고 있는 곳으로, 광대한 제국 곳곳에 거미줄처럼 영향력을 발휘하던 곳이지만 어느 순간부터인가 통제 기능을 상실하기에 이르렀다.

현 황제인 히드로 2세는 불과 일곱 살의 나이로 황제에 즉위했고, 그것을 주도한 것은 히드로 2세의 어머니인 아이렐 황후의 오라버니 리그디스 공작이었다.

본래 백작인 리그디스 가문은 황후를 배출하고 황제의 외삼촌이 되면서 무소불위의 권력을 손에 넣게 되었다.

황도의 모든 권력이 리그디스 공작에게 집중되었고, 얼마 전 허울뿐인 황제의 허락을 얻어 가문을 백작가에서 공작으로 승작시켜 제국의 실력자로 거듭났다.

히드로 2세가 황제로 즉위한 지 오 년밖에 되지 않았기에 여전히 제국의 국정은 리그디스 공작을 중심으로 돌아가고 있었다.

그들은 황도와 멀지 않은 헤인조 지방에서 일어난 사건을 포착하고, 조용히 주시하고 있었다.

"헤인조 지방이라, 문제가 될 소지가 있나?"

"권력을 탐한 하이에나들이 서로 물어뜯는 것뿐입니다. 공작 전하께서 신경 쓰실 만큼 큰 사안이 아닌 것으로 사료됩니다."

"헤인조 지방은 제국이 남부로 향하는 교통로와 같다. 이것을 신경 쓰지 않으면 어느 것을 신경 써야 한단 말인가?"

그러면서 길게 기른 수염을 쓰다듬는 리그디스 공작이었다. 작위를 승작시키고 권력을 손에 거머쥔 그는 국정을 볼 때마다 수염을 쓰다듬고는 했다. 그것은 그 스스로 위엄을 살리고, 제국의 실력자로서 과시하는 것이라 생각했다.

"죄송합니다."

리그디스 공작의 오른팔이자, 지낭이기도 한 카파스 백작은 고개를 숙였다.

"하여간에 극성맞기는. 자세한 상황을 파악하기 위해 조사단을 파견할 것이다. 누가 적합하다고 여기는가?"

"질레임 백작님은 어떠십니까?"

"그 녀석을?"

질레임 백작은 다름 아닌 리그디스 공작의 하나뿐인 동생이다. 아이렐 황후의 남동생이기도 한 그는 가문 내의 천덕꾸러기로 유명했다.

"질레임 백작님도 더 넓은 세상을 둘러볼 때가 되었습니다. 황도가 아닌 교통로로 발전한 헤인조 지방을 살펴본다면 견식이 넓어질 것이라 생각됩니다."

"흐음."

"듣기로 헤인조 지방의 로운 백작은 자신을 포장하기 위해 애쓰고 있다고 합니다. 한번 파견하여 공작 전하의 위세를 알리는 게 좋습니다."

"위세라, 각지의 영주가 황제 폐하를 존경하지 않고 저마다 꿍꿍이를 품고 있다는 것이 사실이로군."

"변방의 영주들은 오래전부터 반란을 획책하던 반동분자들에 불과했습니다. 점점 야심을 드러내는 이들이 늘어나고 있으니 공작 전하께서 이들을 진압하신다면 온전한 제국을 손에 넣으실 수 있으리라 생각합니다."

수염을 쓰다듬던 리그디스 공작의 손이 멈칫했다. 그의 눈이 카파스 백작에게 향했고, 두 시선이 허공에서 교차했다. 입가에 미소를 지은 리그디스 공작이 다시 수염을 쓸어내리기 시작했다.

"제국을 손에 넣는다라, 일개 백작으로서는 엄청난 발전이 아닐 수 없군. 좋다, 수락하지. 질레임 백작을 사신으로 파견하여 헤인조 지방에서 벌어진 일을 상세히 파악하도록 하겠다."

"감사합니다."

카파스 백작의 입가에 미소가 맺혔다.

제10장
최선을 위한 최적화

황도에서 헤인조 지방으로 사신을 파견한다는 사실이 널리 알려졌다.

　그것은 굳이 감출 수 없는 사안이기도 했지만 한편으로는 타 지방의 영주들에게 보내는 경고장이기도 했다.

　황제가 허수아비로 전락하고 리그디스 공작이 권력을 쥠에 따라 각지의 영주들은 은연중 황제의 통치를 거부하고 자신만의 꿈을 위해 힘을 기르고 있는 것이 제국의 현 주소였다. 그런 상황에서도 담담히 침묵을 지키고 있던 것이 황도였다. 하지만 이번 헤인조 지방에 사신을 파견하는 것은 본격적인 간섭을 의미했다.

그들은 로운 백작가에서 사신을 어떻게 대할지 흥미로운 시선을 하였다.

강 건너 불구경하는 그들과 달리, 로운 백작가로서는 난데 없이 벼락을 맞은 것처럼 정신을 차리지 못하고 있었다.

부산스러운 분위기 가운데 가장 바빠지게 된 것은 군사부 의 토릭슨과 제이론이었다.

교묘하기 그지없는 그들의 움직임에 토릭슨이 미간을 모 았다.

"황도에도 머리가 돌아가는 머저리가 있었군."

"자신들은 이득을 취하고 상대를 곤란하게 만드는 것은 병 법의 기본입니다. 저들이 우리의 불리한 틈을 놓치지 않고 제 대로 파고들었습니다."

"상대를 칭찬할 때냐? 당장 우리 발등에 불이 떨어졌는 데."

"역시 걱정될 수밖에 없지요."

"사신을 대하는 것은 문제가 안 돼. 막말로 몇 푼 쥐어주고 비위를 맞추기만 하면 되니까. 하지만 좀 더 상식적으로 생각 해 보자, 넌 우리의 주군이 그게 가능할 것이라 생각하냐?"

제이론은 아무 대답 없이 조용히 고개를 저었다.

뚜렷한 대안이 떠오르지 않자 답답함을 느낀 토릭슨은 인상을 구겼다.

"막말로 너와 내가 머리를 맞대면 모든 상황에 대비할 수 있게 된다. 하지만 지금은? 완전히 최악이야. 게다가 황도에서 오는 것도 질레임 백작이라며?"

질레임 백작의 이름은 헤인조 지방에 알려질 정도로 널리 알려져 있다.

다만 그것이 좋지 않은 의미였지만 말이다.

"그래도 방법을 내야 하지 않겠습니까?"

"솔직히 말해. 질레임 백작 따위에게 대비책을 세우는 것은 어렵지 않다고. 지금 나나 너나 걱정하는 것은 전혀 다른 거잖냐."

"어찌 책사로서 계획의 불안 요소가 주군이라 할 수 있겠습니까."

제이론의 입에서 계획의 불안 요소가 흘러나왔다. 모든 것을 대비하고 대응방안까지 수립할 수 있는 그들이었지만 황도에서 방문할 사신을 대함에 있어 가장 문제가 되는 것이 바로 티엘이었다.

"그래서 문제다, 문제. 말을 해도 들어먹을 것 같지 않은 위인이고."

"주군께 솔직하게 말씀드려 보는 것은 어떻습니까?"

"냉정한 네가 그런 말을 할 줄 몰랐다. 정말 가능할 거라 생각해서 하는 말이냐?"

"아쉽지만……."

자신들의 주군이지만 티엘은 그야말로 예측이 불가능한 인물이었다.

토릭슨도 제이론이 뚜렷한 대안이 없어 한 말이란 것을 알았지만 당장 이 문제를 가지고 고민하는 것 자체가 머리 아팠다.

"그럼 말을 말아라. 지금 우리한테 가장 중요한 것은 질레임 백작이 어떻게 날뛰지 않고 조용히 타협을 보고 떠나게 만드느냐야."

"토벌전보다 어려운 상황이군요."

"차라리 백만 대군과 전쟁을 벌이라는 게 더 쉬울 것 같군."

서로의 얼굴을 바라본 둘의 입에서 한숨이 푹 흘러나왔다.

티엘은 집무실에 앉아 조용히 생각에 잠겼다.

미완성의 공간검 때문에 젊은 시절로 회귀한 것이 이 년이 되었다. 길다면 긴 시간이었고, 한 가지 목표를 위해 움직인 나날이지만 모든 것이 쉽지 않게 느껴졌다.

"가족의 행복이라는 것이 참 쉽지 않군."

옛 삶에서는 지금 이 시기에는 키뱅스 자작이 노이안 지방에 붙고, 아돌프 자작이 권력을 쥐어 마음껏 날뛰고 있을 시기다. 가문에 정 붙일 곳이 없었던 실비아는 디베리아 가문의 바람둥이 제롬에게 빠져 비참한 삶을 살아가고 있었고.

그 후에 타 지방의 침공이 이어지면서 미련없이 가문을 넘기고 칩거에 들어간 자신이었다. 세월이 흐르고, 검의 경지가 높아지면서 누구도 두렵지 않게 되었지만 마음 한구석에 남아 있는 가족에 대한 미안함은 눈두덩처럼 불어나며 지배해 나갔다.

"그 염원이 날 이곳으로 불렀을지도 모르지."

이미 자신이 알고 있던 과거와는 상당 부분 틀어졌다.

혼란스럽기 그지없던 헤인조 지방은 안정되었고, 호시탐탐 키뱅스 자작령을 노리던 노이안 지방은 강력한 수군에게 가로막혀 잠잠해졌다.

이것 외에 어떻게든 자신을 혼인시키려는 실비아와 건강을 거의 다 회복한 어머니의 존재까지.

예전보다 불행하지 않은 삶이라고 자신있게 단언할 수 있을 정도는 되었다.

하지만 이것으로 끝이 아니란 걸 그 스스로도 잘 알고 있었다.

자신은 헤인조 지방의 맹주이자, 로운 백작가의 가주였다. 앞으로 불어올 거센 바람을 견뎌내기 위해서는 기둥인 자신이 든든하게 자리를 잡고 서 있어야 했다.

"이제 내가 어떻게 하느냐에 따라 달라지겠지."

사람의 천성은 바뀌지 않는 법이니 귀찮은 마음이 드는 것이 사실이었다.

그러나 그와 같이 안일한 마음으로 있다가는 예전처럼 다른 군주의 먹이로 전락하는 것은 순식간이었다.

황도에서 사신을 파견한다는 것도 예전에는 없던 전개였다.

황제를 움직이며 무소불위의 권력을 마음껏 휘두르던 황도는 동경의 대상이자, 반드시 몰아내야 할 타도의 대상이기도 했다.

그들의 방문이 어떤 여파를 일으키게 될지는 아무도 몰랐다.

"주사위는 던져졌군."

그것이 최선이든, 최악이든 자신은 최고를 위해 움직일 것이다.

티엘은 복잡한 상념을 털어버린 뒤, 집무실을 벗어나 홀로 산책을 했다.

주변 호위를 모두 따돌린 그는 어둠이 내려앉기 시작한 꽃밭을 천천히 걸었다.

심상치 않은 기류가 차츰 주변 대기를 적셔 나갔지만 그는 아무런 영향을 받지 않는 것처럼 걸음을 옮겼다.

차츰 그것이 끈적한 살기로 바뀌어 주변 일대를 지배해 나갈 무렵, 자리에서 걸음을 멈춘 티엘은 주변을 둘러보며 입을 열었다.

"이제 그만 나와라."

스스슷!

마치 그의 말을 명령처럼 들었는지 주변에 십여 명에 달하는 인원이 모습을 드러냈다. 하나같이 칠흑같이 검은 야행복을 차려입고 복면으로 얼굴을 가린 인물이었다.

순식간에 포위되어 도망갈 길을 차단당했지만 티엘은 대수롭지 않은 표정으로 주변을 둘러보았다.

"노리는 건?"

"목숨!"

쐐액!

짤막한 대답과 함께 날카로운 예기가 그를 파고들었다.

하지만 그것보다 더 빠른 것이 한 줄기 섬광이었다.

티엘의 소매에서 푸른빛이 번뜩이는가 싶더니, 달려들던 복면인의 목에서 붉은 피분수가 뿜어져 나왔다.

목을 잃은 몸뚱이가 균형을 잃고 비틀거리며 허우적거리더니 그의 앞에 그대로 허물어졌다.

털썩!

"……."

일반적인 말로 설명되지 않는 상황에 복면인들은 할 말을 잃었다.

"며칠 전부터 나를 주시하는 눈은 느끼고 있었다. 다만 그 숫자가 부족한 것 같아 기다렸지. 그래도 부족한 감이 있지만."

"죽여라!"

한 줄기 외침과 함께 남은 열한 명의 복면인이 일제히 달려들었다.

하나, 그것은 자신의 명을 재촉하는 행동에 지나지 않았다.

다시 티엘의 소매에서 푸른빛이 번뜩였고, 대기를 가를 때마다 복면인이 한 명씩 목숨을 잃고 말았다.

"…마, 말도 안 돼."

말 그대로 눈 깜빡할 사이였다.

그사이 극한의 수련을 견뎌내고 일급 암살자가 된 이들이 어김없이 목숨을 잃었다.

무려 다섯 명이나 되는 숫자였다.

기가 질린 암살자들은 뒤로 주춤주춤 물러났다. 동료의 절반이 죽었지만 아직까지 그가 무슨 수를 쓴 것인지 눈치채지 못했다.

"레드 문이로군."

"······!"

복면인들의 동공이 한순간 확장되었다. 티엘은 그것을 포착하곤 입꼬리를 말아 올렸다. 그리고 한 걸음 앞으로 내딛더니, 공간을 격하고 단숨에 복면인들이 서 있는 곳에 도달했다.

푸슛! 푸슛!

두 줄기 피분수가 뿜어지면서 복면인들이 목숨을 잃었다. 기겁한 암살자들은 더 이상 티엘을 상대할 엄두를 내지 못하고 도망치려고 했다. 하지만 그들의 이동 속도보다 티엘이 월등히 빨랐다. 그는 뒤를 쫓으며 일격에 암살자의 목숨을 빼앗았다.

홀로 남은 암살자는 도망치는 것이 무리라 여기고는 자리에 멈춰 섰다. 거침없이 손속을 발휘하던 티엘도 담담히 홀로 남은 복면인을 바라보았다. 순식간에 열한 명의 목숨을 거뒀음에도 감정의 편린이 존재하지 않는 그의 눈빛에 복면인은 기가 질렸다.

"···잠시만 멈춰주시오."

"왜지?"

"의뢰인을 말하겠소. 그러니 날 보내주시오."

"역시 네가 저들을 통솔하는 자가 맞았군."

"……."

그는 말을 아꼈다. 방금 전까지 자신들을 통솔하던 암살자는 중간 책임자에 불과했다. 그런데 티엘은 이 사실을 정확하게 꿰뚫어 보고 있었던 것이다.

"내가 널 왜 살려둔 줄 알고 있나?"

"내 실력이 제일 뛰어나서 그런 거 아니오?"

"아니, 네가 제일 잘 도망쳐서다."

푸슛!

심상치 않은 기류를 감지한 복면인이 몸을 날리려고 했지만 이미 티엘의 검격이 심장을 꿰뚫었다. 설마하니 자신을 이렇게 죽일지 몰랐던 복면인의 두 눈이 찢어질 것처럼 커졌다.

"어, 어찌……."

의뢰인을 알기 위해서는 자신을 살려두어야 하는데 어찌 이런단 말인가?

"관심없으니까."

"말도 안… 돼."

경악이 가득한 목소리를 낸 복면인은 그대로 허물어지고 말았다.

"끝났군."

자신이 벌여놓은 광경을 보며 티엘이 말했다.

"그만 나오지."

"……."

"콕 집어 말을 해야 하나, 렉스터 남작?"

티엘의 호명에 뒤에서 부스럭거리는 소리가 들리더니 한 사람이 모습을 드러냈다. 그가 입에 담았던 렉스터 남작이었다.

굳은 표정으로 주변을 둘러보던 그가 티엘에게 고개를 깊이 숙였다.

"죄송합니다, 주군."

"왜 사과하지?"

"주군의 경호는 제 임무, 그것이 소홀했습니다."

"소홀하지 않았다. 여기 것들이 치밀하게 준비한 덕분이지."

"그렇다고 해도 책임이 사라지는 것은 아닙니다."

"책임이라, 그것도 맞는 말이로군."

고지식하기 그지없는 그의 태도에 티엘은 피식 웃음을 흘렸다. 개입이 불가능한 상황임에도 끝까지 자책하는 모습이 새롭게 느껴졌다.

"주군."

"말하라."

"불경한 줄 아나 주군께 묻고 싶은 것이 있습니다."

"내 실력인가?"

"…예."

렉스터 남작은 티엘의 실력에 대해 알고 있는 몇 안 되는 인물이었다. 하지만 그마저도 모두 자신의 착각이라는 것을 깨닫게 되었다.

그는 이미 다른 사람들이 평가할 수 있는 영역을 벗어나 있었다.

두 눈을 가득 채우고 있는 열정을 보며 티엘은 입꼬리를 말아 올렸다.

예전에는 어떻게 이런 충성스러운 인물을 두고 가문을 내던질 생각을 했을까. 그때 그 시절로 돌아가기 전까지는 자신이지만 스스로의 결정을 이해하기 힘들었다.

옛 생각에 빠져든 것도 잠시, 티엘은 렉스터 남작을 향해 솔직하게 말했다.

"아직 남작이 알아보기 어렵다. 좀 더 실력을 기르고 오도록."

"……."

"뒷수습은 부탁하지."

그 말을 끝으로 몸을 돌린 티엘은 자리를 벗어났다. 하염없이 뒷모습을 쫓던 렉스터 남작은 주먹을 불끈 쥐며 중얼거렸다.

"부족하다면 반드시 쫓아가도록 하겠습니다."

티엘을 혼인시키겠다고 다짐하던 실비아는 최근 들어 한 가지 고민에 봉착하게 되었다.

그것은 얼마 전 디베리아 자작가에서 전해진 한 통의 서신 때문이다.

"어떡해."

표정이 어두워진 그는 난감한 상황을 타파하고 싶었지만 뚜렷한 방안이 떠오르지 않았다.

얼마 전에 그녀는 디베리아 자작가의 차남인 제롬과 만나 사랑에 빠져들었다.

…적어도 그녀는 그렇게 생각하고 있었다.

하지만 티엘은 그가 바람둥이라며 사귀는 것에 대해 경고했고, 혹시나 하는 마음에 조사한 그녀는 제롬의 화려한 여성 편력에 그만 기가 질려 버리고 말았다.

그제야 자신이 눈에 콩깍지가 쓰였다는 걸 깨달은 그녀는 더 이상 제롬과 연락을 하지 않았다. 그러니 자연히 연락을 주고받지 않는 사이가 되었다.

하지만 얼마 전 그에게서 서신이 도착했다.

내용은 당시 사랑을 속삭이던 것을 언급하며 그녀와의 관계를 허락받고자 로운 백작가로 찾아오겠다는 말이었다.

이미 그에게서 마음이 떠난 실비아로서는 절대 용납할 수 없는 말이었다. 어떻게 거절하는 것이 서로에게 좋을지 머리를 싸매고 고민을 해봤지만 뚜렷한 대안은 떠오르지 않았다.

"오라버니한테 부탁을 해야 하는데……."

그것이 가장 좋은 방법임을 그녀도 모르지 않았다.

하나, 황도에서 오고 있는 사신의 존재 때문에 온 가문이 부산스러운 만큼 행여나 티엘의 정신을 뺏을 수 있는 일을 하고 싶지는 않았다.

끙끙 앓는 소리를 내며 생각에 생각을 거듭하는 실비아. 그런다고 뚜렷한 대안이 떠오를 리 없었다.

"어떡하지."

해결책을 찾지 못한 그녀는 발만 동동 구르며 울상을 지었다.

질레임 백작의 일행이 헤인조 지방으로 진입했다. 강을 건너 로운 백작령으로 들어선 그들은 빠르지도 느리지도 않은 속도로 이동했다.

사단은 얼마 지나지 않아 일어났다.

이동 중 적적함을 달래지 못한 질레임 백작이 영지의 처녀를 건드려 소란을 빚은 것이다.

때문에 로운 백작령은 때 아닌 사신의 방문으로 흉흉한 분위기에 휩싸였다. 황도에서 전해지는 질레임 백작의 안 좋은 소문과 리그디스 공작의 폭정이 전해지면서 헤인조 지방에 암운이 드리우지 않을까 걱정이 물밀듯 밀려들기 시작했던 것이다.

티엘은 토릭슨과 제이론의 의견을 받아들여 질레임 백작을 맞이하는 자리에 모든 가신을 불러들였다. 좌우에 늘어서서 도열한 가신과 기사의 숫자가 백여 명에 달했는데, 그 모습은 헤인조 지방의 지배자로서 위엄을 살리기에 충분한 것이었다.

정상적인 사람이라면 그 광경을 보고 기가 한풀 꺾이는 것이 당연했다.

하지만 첫 만남에서 흘러나온 그의 행동은 소문 이상이었다.

"내가 바로 질레임 백작이다. 네가 로운 백작인가?"

안하무인.

이것만큼 질레임 백작을 표현하기 적합한 말은 더 없을 것이다.

그는 타 가문임에도 마치 자신의 가문에 있는 것처럼 거침없이 행동을 했다.

당연히 몇몇 가신이 발끈했다. 하지만 주군인 티엘의 앞인 만큼 함부로 나서지 못하고 눈을 부라리면서 경고의 의미를 보낼 뿐이었다.

"맞다, 내가 로운 백작이지."

반말에는 반말.

티엘의 대응에 함께 온 수행원들이 뭐라 말을 하지 않았지만 날카로운 눈으로 쏘아보았다.

"호오, 그래? 반란을 진압했다고 하더니 평범한 인물은 아니로군."

"황도에서 사신이 온다는 말은 들었는데, 무슨 연유로 온 것이지?"

"아아, 황제 폐하께서는 헤인조 지방에 벌어지는 일에 관심이 많으시다. 내게 직접 명을 내려 헤인조 지방을 살펴보고 어려움이 있으면 지원을 하라고 하시더군. 물론 지켜봐야겠지만 말이지."

질레임 백작의 입꼬리가 말려 올라갔다. 제법 돌려 말했지만 그 속에 내재된 속셈은 노골적이었다.

"지켜본다는 것은?"

"이곳에 머물면서 차차 살펴본다는 뜻이지."

그것만으로 그가 품고 있는 뜻은 명확해졌다.

숨겨진 뜻은 노골적인 뇌물의 요구. 그것을 통해 모든 것을 정하겠다는 뜻이었다.

티엘 왼쪽에 서 있던 토릭슨이 제이론에게 눈빛을 보냈다.

그 또한 같은 생각이었는지 작게 고개를 끄덕이는 것으로 대답을 대신했다.

"헤인조 지방의 사정에 관심을 갖고 있는 것은 황제 폐하가 아니라 리그디스 공작이 아닌가?"

"뭐, 뭐라?"

"백작은 말을 조심하시오!"

질레임 백작의 표정이 흉악하게 일그러졌다. 그것은 수행원들도 마찬가지여서, 화를 참지 못한 한 명이 로운 백작에게 경고를 날렸다.

순간 장내의 분위기가 흉흉하게 바뀌었다.

"지금 중요한 것은 헤인조 지방의 사정을 살피는 것일 텐데?"

"들려오는 소문이 워낙 흉흉하니 확인했을 뿐이다."

씹어 내뱉듯 말하는 모습에 티엘은 대수롭지 않게 받아넘겼다.

"말 그대로 헤인조 지방의 사정이 살 만한가 보군. 중앙의 권력에 의문을 표할 정도라니."

다분히 협박 섞인 말에 몇몇 가신의 표정이 바뀌었다.

황제를 휘어잡고 무소불위의 권력을 휘두르는 황도의 전력은 어느 지방 영주보다 막강했다. 당장 마음만 먹는다면 십만의 정예병을 동원하는 것은 물론, 그 숫자를 다섯 배로 늘릴 수 있는 것이 황도의 능력이었다.

"의문이 아니라 소문을 확인했을 뿐이다."

"중앙 사정을 일개 지방 영주 따위가 알 필요는 없다! 중요한 게 그게 아니란 것쯤은 알고 있을 텐데?"

"굳이 알 필요는 없지. 다만 소문이 그렇게 난 것에는 이유가 있으리라 생각했지."

"놈! 지금 이를 드러내는 것이냐?"

눈을 부릅뜬 질레임 백작이 소리쳤다. 장내의 분위기는 차갑게 가라앉아 흉흉한 살기마저 감돌고 있었다.

토릭슨과 제이론의 얼굴에 난감함이 감돌았다.

티엘의 성격을 감안하면 이런 일이 벌어질 것이란 걸 막연하게 예상했던 것이다. 그럼에도 막을 수 없었던 것은 질레임 백작의 성격이 소문으로 퍼졌던 것 이상으로 안하무인이었기 때문이다.

살기를 드러내는 질레임 백작을 향해 티엘의 심드렁한 목소리가 울려 퍼졌다.

"대놓고 뇌물을 요구하는 게 제 형의 얼굴에 먹칠하고 있다는 걸 모르는군. 뭔가 노림수가 있다고 생각했는데, 머저리에 불과했나."

"머, 머저리? 정녕 네놈이 무사할 것이라 생각하느냐?"

"흠! 황도로 돌아가서 형에게 고자질이라도 할 생각이었
나."

"그렇다면? 무릎 꿇고 용서를 구할 것이냐?"

황제를 허수아비로 두고 권력을 휘두르는 리그디스 공작
은 제국 어느 영주에게 있어 절대적인 힘을 발휘할 수 있는
존재였다.

뒤에서 손가락질을 하더라도 앞에서 그럴 수 있는 인물은
없다는 것이 질레임 백작의 확신이었다.

"명색이 한 지방의 맹주인데 그럴 수는 없지. 그렇다고 황
도에 불경이 전해지는 것은 싫으니 어렵군, 어려운 문제야.
하지만 간단한 해결책이 있군."

손으로 턱을 매만지며 생각에 잠겨 있던 티엘의 시선이 자
신에게 향하자, 득의양양한 미소를 지은 질레임 백작이 턱 끝
을 치켜들었다.

"무릎을 꿇고 사죄할 마음이라도 들었나?"

"흠, 사고사가 좋겠군. 돌아가는 길에 배가 침몰해서 모두
사망. 어떤가?"

"뭐?"

돌아가는 상황이 이상하다는 것을 느낀 질레임 백작이 멍

한 표정을 지었다. 수행원들도 돌아가는 분위기가 심상치 않다는 것을 간파했다.

토릭슨이 나서면서 조언했다.

"하지만 본가가 소유한 배에 여유가 많지 않습니다. 손해가 막심할 것입니다."

"그렇군, 요즘 뱃값도 만만치 않지. 그렇다고 가는 길에 산적들에게 몰살당했다고 하면 리그디스 공작이 이상하게 생각할 수 있지 않나? 진상 조사에서 꼬리가 잡힐 수도 있고. 배에 태워 수장시키는 것이 가장 효율적이지."

"가장 효과적인 방법을 생각하자면 주군의 말씀이 옳습니다."

"그렇다는군."

티엘이 느릿하게 고개를 돌려 질레임 백작을 바라보았다. 그를 비롯한 수행원들은 기이한 위압감에 휩싸여 빠른 속도로 위축되었다.

"뭐, 뭐가 그렇다는 것이냐? 지금 우리를 죽이기라도 할 생각이라고?"

"생존본능인가, 경고는 알아먹지 못하더니 위기에 처하니 바로 반응하는군."

"네놈! 황도의 오십만 대군이 무섭지 않은 것이냐?"

"대외적으로는 실종 처리가 될 것이다. 우리는 너희를 성대하게 보내주었고, 가는 길에 실종이 되었을 뿐이지."

오십만 대군에 전혀 반응하지 않는 모습에 질레임 백작은 기가 질리고 말았다. 오십만 대군은 황도에 있지만 자신의 목숨을 뺏을 수 있는 존재는 눈앞에 있다.

"뱃값이 비싸다고 하니 적당히 위장을 하고 나뭇조각을 띄워놓으면 되겠군. 물에 떠서 시체가 발견될 여지가 있으니 상흔이 발견될 수도 있고. 가장 효율적인 방법은 파묻어 버리는 것이군. 그러면 누구도 발견할 수 없을 테고."

그의 말이 이어지면 이어질수록 질레임 백작의 표정은 시커멓게 죽어갔다.

"잡아라! 저 녀석을 잡으면 된다!"

명령이 떨어지기 무섭게 기사 두 명이 단숨에 거리를 좁혀들며 티엘에게 달려들었다.

그 순간 두 가닥 섬광이 뿜어졌다.

푸슛!

달려들던 기사 둘의 목이 날아갔다.

허망하게 허물어지는 광경을 지켜보던 티엘이 입을 열었다.

"하나도 빼놓지 않고 잡아두도록. 반항하면 죽여도 좋다."

"명!"

힘차게 외치며 검을 들고 나서는 렉스터 남작과 은빛 기사단. 압도적인 무위에 차례차례 제압되는 질레임 백작과 수행원들을 보며 토릭슨이 표정을 구겼다.

"아놔……."

『레드 크로니클』 2권에 계속…

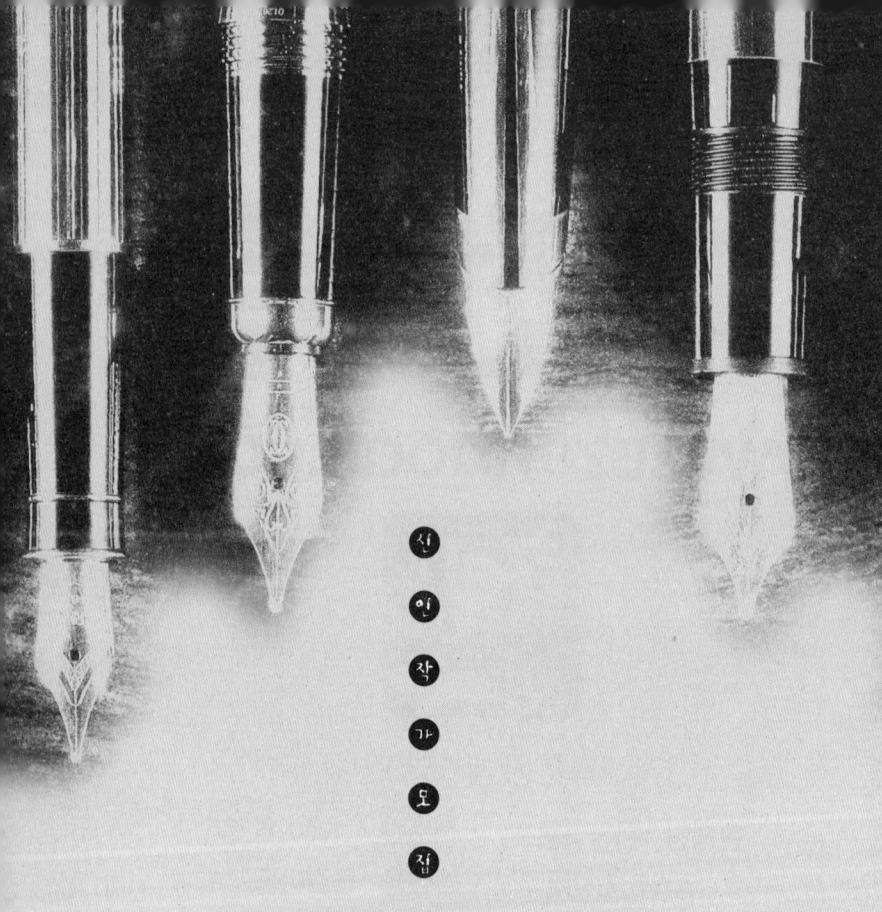

신
인
작
가
모
집

시작이 반이라고 했습니다.
작가의 길에 대한 보이지 않는 벽을 과감히 깨뜨리십시오!
청어람은 작가 지망생 여러분들의
멋진 방향타가 되어드리겠습니다.

저희 도서출판 청어람에서는
소설 신인 작가분들을 모집합니다.
판타지와 무협을 사랑하시는 분들의 많은 참여를 바랍니다.
소정의 원고(A4용지 150매)를 메일이나 우편으로 보내주시면
검토 후 출판 여부를 알려드리겠습니다.

주소:경기도 부천시 원미구 심곡2동 163-2 서경B/D 2F 우편번호 420-822
TEL:032-656-4452 · **FAX**:032-656-4453
http://www.chungeoram.com
e-mail:chungeoram@chungeoram.com

허담 新무협 판타지 소설

FANTASTIC ORIENTAL HEROES

사람이 아니라 거상이거나, 하늘과도 맞닿아 있는 산천 봉우리 낮게 받치거나 어린 아이거나, 옆에 무대가 잠을 자고 있은 난이 마을이나. 희뿌연 강줄기 파가 흩뿌려지고 멍자의 혼이 허공에서 스물 때 거인의 사자가 그곳에 있을 것이다.

수선경

작은 샘이 바다로 모여들 듯,
만류의 법이 하나로 회귀하듯,
다섯 개의 동경이 드디어 하나로 모인다.

**검을 만드는 사람과
검을 쓰는 사람,
그리고 검을 버리는 사람의 이야기!**

**천명을 타고 태어난 청풍과 강검산
그리고 혈로를 걸어온 살수 타유,
그들이 다섯 줄기의 피의 숙명과 마주한다.**

Book Publishing CHUNGEORAM

유행이 아닌 자유추구 -
WWW.chungeoram.com

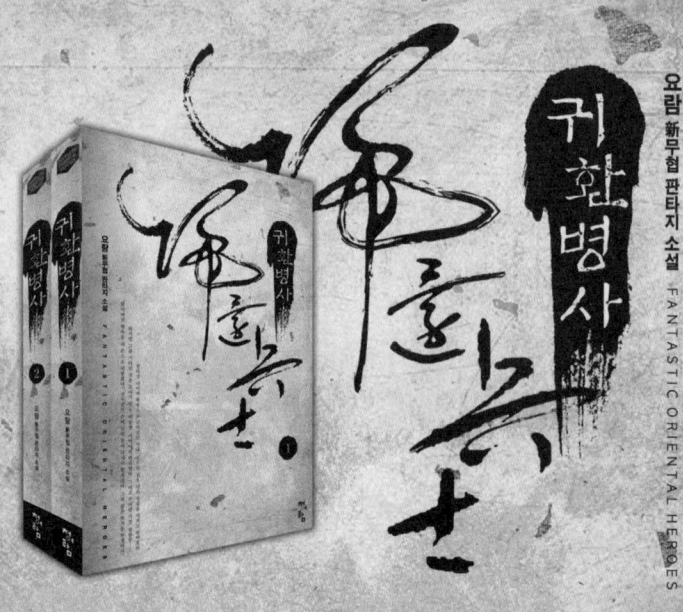

Book Publishing CHUNGEORAM

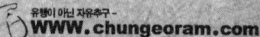

유행이 아닌 자유추구 -
WWW. chungeoram.com

면왕 백리휴

麵王百里烋

무진등 新무협 판타지 소설

FANTASTIC ORIENTAL HEROES

'맛있는' 무협이 펼쳐진다!

가문의 선조가 남긴 비서
'백리면요결(百里麵要訣)'
모든 이야기는 이 서책으로부터 시작되었다.

『면왕 백리휴』

면요리의 극의를 알고자 하는 자,
모두 나에게로 오라!

Book Publishing CHUNGEORAM

유행이 아닌 자유추구 -
WWW.chungeoram.com

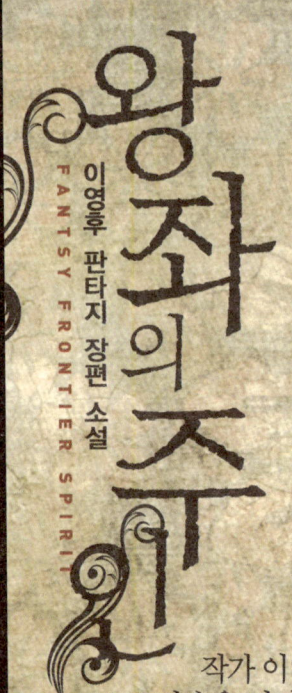

왕좌의 주인

이영후 판타지 장편 소설

작가 이영후가 선보이는 야심작!
가슴을 떨어 울리는 판타지가 찾아온다!

『왕좌의 주인』

세계를 몰락 위기로 몰았던 이계의 절대자들
그들의 유적이 힘을 원한 자들을 불러들이고…
그 힘을 취한 어둠은 암암리에 세계를 감쌀 뿐이었다.

"세계를 구원할 것은 너뿐이구나."

어둠을 격정한 네 영웅은 하나의 희망을 키워낸다.
이계 최강의 절대자 티엔마르.
그리고 이 모두의 힘을 이어받은 새로운 존재…
은빛의 절대자 레오!

FUSION FANTASTIC STORY

버퍼
Buffer

이영균 장편 소설

사귀던 연인에게 이별 통보를 받은 어느 날,
송염을 찾아온 기이한 인연……

『버퍼』

처음 보는 노신사와
그가 내민 소주잔…아니 손길.

"난 그 힘을 버프라고 부른다네."

의문의 힘은 송염에게 이어지고

"…그리고 이젠 자네가 버퍼일세."

지구 유일의 버퍼, 송염!
그 위대한 발걸음에 주목하라!

Book Publishing CHUNGEORAM

유행이 아닌 자유추구 -
WWW.chungeoram.com

눈매 新무협 판타지 소설

가면의 마존

FANTASTIC ORIENTAL HEROES